Les textes de l'anthologie

Partie 1 Le loup : bourreau ou victime ?

Partie 2 Le loup sauveur

Partie 3 Le loup : ami ou ennemi ?

Une peur venue du fond des âges

De la fascination à la diabolisation

• **Dans l'Antiquité, les hommes étaient fascinés par la force et l'agilité du loup** qu'ils considéraient, selon les cultures, comme un protecteur, leur ancêtre ou même un dieu.

• **À partir du Moyen Âge, et sous l'influence du christianisme qui le diabolise, le loup devient un ennemi.** Alors que s'installent dans l'imaginaire collectif les figures du loup-garou ou du loup dévoreur d'enfants, on cherche à l'éradiquer (pièges, poisons, battues…), même si **on se moque également de lui** (*Roman de Renart*).

La naissance du « grand méchant loup »

• À partir du XVIe siècle, de nombreux auteurs mettent en scène le loup dans des textes variés. Les **contes merveilleux** (Charles Perrault, les frères Grimm) lui attribuent le rôle d'un **prédateur dangereux.** Les **fables** de Jean de La Fontaine le présentent comme un puissant cruel ou égoïste. La **littérature fantastique** du XIXe siècle ranime le mythe antique du loup-garou.

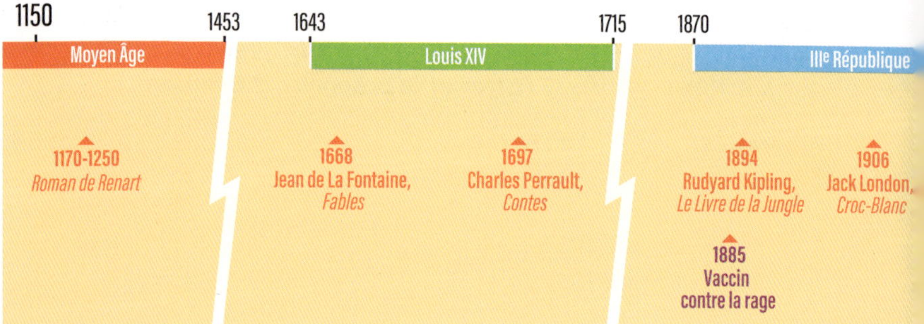

Retenir l'essentiel

Prolonger la lecture

Fables de la Fontaine, mise en scène de Robert Wilson, 2004, Comédie-Française.

Illustration pour le roman médiéval en vers *Guillaume de Palerme*, 1905.

Une figure ambivalente et renouvelée

• Avec l'invention du vaccin contre la rage par Louis Pasteur (1885), **le loup n'inspire plus peur.** Quasiment disparu d'Europe en raison de la déforestation, **il devient une espèce protégée.** Si certains auteurs contemporains perpétuent sa terrifiante réputation, d'autres soulignent **son caractère protecteur**, tandis que **la littérature de jeunesse le parodie** ou le présente en victime.

1940 1946 1958 2010

IVe République — Ve République

1934
Marcel Aymé,
Contes du chat perché

1984
Daniel Pennac,
L'Œil du loup

2000
J. K. Rowling,
Harry Potter et le prisonnier d'Azkaban

2006
Évelyne Brisou-Pellen,
Romulus et Rémus, les fils de la louve

Auteurs

Roman de Renart
(1170-1250)

1600

1900

Roald Dahl
(1916-1990)

Marcel Aymé
(1902-1967)

Daniel Pennac
(né en 1944)

Évelyne Brisou-Pellen
(née en 1947)

Jean de La Fontaine
(1621-1695)

Charles Perrault
(1628-1703)

1800

Jack London
(1876-1916)

Rudyard Kipling
(1865-1936)

J. K. Rowling
(née en 1965)

Un mythe intemporel

1

3

4

2

1. Antoine Ozanam, Antoine Carrion, *Temudjin*, Tome 1, 2013.
2. *Princesse Mononoké*, film de Hayao Miyazaki, 1997.
3. *Les Deux Chaperons rouges*, dessin animé de Tex Avery, 1949.
4. John Bauer, *Tyr et Fenrir*, illustration, 1911.

Découvrez des loups du monde entier

1. Décrivez les loups représentés dans les documents. En quoi le loup représenté dans le document 3 vous paraît-il différent ?

2. Quels rapports semblent entretenir le loup avec l'homme dans chaque image ? Justifiez vos réponses.

3. Faites des recherches sur Internet pour répondre aux questions suivantes.
   Doc. 1 : Quel personnage historique était surnommé « Temoudjin » ? Quel est son lien avec le « loup bleu » ?
   Doc. 2 et **3** : Quelle est la nationalité des réalisateurs de ces films ?
   Doc. 4 : Quelle est la légende du loup Fenrir ?

4. **a.** Complétez le tableau ci-dessous pour associer chaque loup à la culture et à l'époque à laquelle il appartient.

Document	Origine géographique	Époque
....	Mongolie	XIIIe siècle
....	États-Unis	XXe siècle
....	Pays nordiques	Moyen Âge
....	Japon	XXe siècle

b. Qu'en concluez-vous sur la place du loup dans les différentes cultures ?

À vous de jouer !

Mettez en scène votre rencontre avec un loup

Étape 1 Au brouillon, déterminez les circonstances de votre rencontre (lieu, saison...), caractérisez votre loup (apparence, caractère...) et définissez votre relation (rivalité, amitié...).

Étape 2 À l'aide de la technique d'expression de votre choix (écriture, illustration, montage photo...), trouvez une mise en scène qui mette en évidence vos rapports avec le loup.

Lire les textes

Illustration de Roberta Murray, XXIe siècle.

Partie 1

Le loup : bourreau ou victime ?

Lecture intégrale du texte

CHARLES PERRAULT

En publiant ses *Contes* en 1697, Charles Perrault (1628-1703) a fait entrer en littérature de nombreux contes populaires qui se transmettaient de génération en génération par la tradition orale. Sa célèbre version du *Petit Chaperon rouge* a contribué à faire du loup une créature dangereuse dont il faut se méfier dans notre imaginaire.

Le Petit Chaperon rouge

Il était une fois une petite fille de village, la plus jolie qu'on eût su voir[1] ; sa mère en était folle, et sa mère-grand plus folle encore. Cette bonne femme lui fit faire un petit chaperon[2] rouge, qui lui seyait[3] si bien, que partout on l'appelait le petit Chaperon rouge.

Un jour sa mère, ayant cuit et fait des galettes, lui dit :

« Va voir comme se porte ta mère-grand, car on m'a dit qu'elle était malade, porte-lui une galette et ce petit pot de beurre. »

Le petit Chaperon rouge partit aussitôt pour aller chez sa mère-grand, qui demeurait[4] dans un autre village.

En passant dans un bois elle rencontra compère[5] le Loup, qui eut bien envie de la manger ; mais il n'osa, à cause de quelques bûcherons qui étaient dans la forêt. Il lui

---

1. **Qu'on eût su voir :** que l'on n'eut jamais vue.
2. **Chaperon :** coiffe de tissu que les femmes portaient autrefois sur la tête.
3. **Seyait :** allait.
4. **Demeurait :** habitait.
5. **Compère :** personnage rusé et sans scrupule.

Illustration de Félix Lorioux pour *Le Petit Chaperon rouge*, 1927, collection particulière.

demanda où elle allait ; la pauvre enfant, qui ne savait pas qu'il est dangereux de s'arrêter à écouter un Loup, lui dit :

« Je vais voir ma mère-grand, et lui porter une galette avec un petit pot de beurre que ma mère lui envoie.

– Demeure-t-elle bien loin ? lui dit le Loup.

– Oh ! oui, dit le petit Chaperon rouge, c'est par-delà le moulin que vous voyez tout là-bas, là-bas, à la première maison du village.

– Hé bien, dit le Loup, je veux l'aller voir aussi ; je m'y en vais par ce chemin ici, et toi par ce chemin-là, et nous verrons qui plus tôt y sera. »

Le Loup se mit à courir de toute sa force par le chemin qui était le plus court, et la petite fille s'en alla par le chemin le plus long, s'amusant à cueillir des noisettes, à courir après des papillons, et à faire des bouquets des petites fleurs qu'elle rencontrait.

Le Loup ne fut pas longtemps[1] à arriver à la maison de la mère-grand, il heurte[2] : Toc, toc.

« Qui est là ?

– C'est votre fille[3] le petit Chaperon rouge (dit le Loup, en contrefaisant[4] sa voix) qui vous apporte une galette et un petit pot de beurre que ma mère vous envoie. »

1. **Ne fut pas longtemps :** ne mit pas longtemps.
2. **Heurte :** frappe à la porte.
3. **Votre fille :** votre petite-fille.
4. **Contrefaisant :** modifiant.

La bonne mère-grand, qui était dans son lit à cause qu'elle se trouvait un peu mal, lui cria :

« Tire la chevillette, la bobinette cherra[1]. »

Le Loup tira la chevillette, et la porte s'ouvrit. Il se jeta sur la bonne femme, et la dévora en moins de rien ; car il y avait plus de trois jours qu'il n'avait mangé.

Ensuite il ferma la porte, et s'alla coucher dans le lit de la mère-grand, en attendant le petit Chaperon rouge, qui quelque temps après vint heurter à la porte. Toc, toc.

« Qui est là ? »

Le petit Chaperon rouge, qui entendit la grosse voix du Loup, eut peur d'abord, mais croyant que sa mère-grand était enrhumée, répondit :

« C'est votre fille le petit Chaperon rouge, qui vous apporte une galette et un petit pot de beurre que ma mère vous envoie. »

Le Loup lui cria en adoucissant un peu sa voix :

« Tire la chevillette, la bobinette cherra. »

Le petit Chaperon rouge tira la chevillette, et la porte s'ouvrit.

Le Loup, la voyant entrer, lui dit en se cachant dans le lit sous la couverture :

« Mets la galette et le petit pot de beurre sur la huche[2], et viens te coucher avec moi. »

1. Autrefois, il fallait tirer sur la chevillette, une sorte de loquet qui faisait tomber la bobinette, une petite pièce en bois ou en métal qui fermait la porte.
2. Huche : grand coffre en bois où l'on range les provisions.

Marsat, *Le petit Chaperon rouge devant le loup ayant pris la place de la grand-mère*, XXe siècle, gouache.

Le petit Chaperon rouge se déshabille, et va se mettre dans le lit, où elle fut bien étonnée de voir comment sa mère-grand était faite en son déshabillé[1]. Elle lui dit :

« Ma mère-grand, que vous avez de grands bras !

– C'est pour mieux t'embrasser[2], ma fille.

– Ma mère-grand, que vous avez de grandes jambes !

– C'est pour mieux courir, mon enfant.

– Ma mère-grand, que vous avez de grandes oreilles !

– C'est pour mieux écouter, mon enfant.

– Ma mère-grand, que vous avez de grands yeux !

– C'est pour mieux voir, mon enfant.

– Ma mère-grand, que vous avez de grandes dents !

– C'est pour te manger. »

Et en disant ces mots, ce méchant Loup se jeta sur le petit Chaperon rouge, et la mangea.

MORALITÉ

On voit ici que de jeunes enfants,
Surtout de jeunes filles
Belles, bien faites, et gentilles,
Font très mal d'écouter toute sorte de gens,
Et que ce n'est pas chose étrange,
S'il en est tant que le loup mange.
Je dis le loup, car tous les loups

1. **Déshabillé :** sous-vêtement ou vêtement de nuit.
2. **T'embrasser :** te serrer dans mes bras.

Ne sont pas de la même sorte ;
Il en est d'une humeur accorte[1]*,*
Sans bruit, sans fiel[2] *et sans courroux*[3]*,*
Qui privés[4]*, complaisants*[5] *et doux,*
Suivent les jeunes demoiselles
Jusque dans les maisons, jusque dans les ruelles[6]*;*
Mais hélas ! qui ne sait que ces loups doucereux[7]*,*
De tous les loups sont les plus dangereux.

Charles Perrault, « Le Petit Chaperon rouge »,
in *Les Contes de ma mère l'Oie*, 1697.

1. **Accorte :** aimable.
2. **Sans fiel :** sans aucune méchanceté.
3. **Sans courroux :** sans colère.
4. **Privés :** familiers.
5. **Complaisants :** qui cherchent à faire plaisir, à être agréables.
6. **Ruelles :** espaces entre le lit et le mur ; par extension, chambres à coucher.
7. **Doucereux :** qui font semblant d'être doux.

ROALD DAHL

Lecture intégrale du texte

L'humour et la fantaisie de l'écrivain britannique Roald Dahl (1916-1990) ont fait de lui l'un des plus grands auteurs de littérature de jeunesse du XXe siècle. L'impertinence de ses héros se retrouve chez son petit Chaperon rouge qui ne s'en laisse pas conter face au redoutable loup.

Le Petit Chaperon rouge

Quand le loup sentit des tiraillements[1]
Et que de manger il était bien temps,
Il alla frapper à la porte de Mère-Grand
Et demanda « Puis-je entrer ? » gentiment.
Dès qu'elle eut ouvert, celle-ci reconnut
Le sourire narquois[2] et les dents pointues.
La pauvre grand-mère avait peur.
« Il va, s'écria-t-elle, me dévorer sur l'heure[3] ! »
Et elle avait parfaitement raison :
Le loup affamé l'avala tout rond[4].
Mais la grand-mère était coriace[5].
« C'est à peine s'il m'a semblé
Avoir eu quelque chose à manger. »
Il fit le tour de la cuisine en glapissant[6] :

1. **Tiraillements :** sensations de faim dans le ventre.
2. **Narquois :** moqueur.
3. **Sur l'heure :** tout de suite.
4. **Tout rond :** sans mâcher.
5. **Coriace :** difficile à mâcher.
6. **En glapissant :** en poussant de petits cris aigus.

« Il faut que je trouve quelque chose, à me mettre sous
la dent[1] ! »
Puis il ajouta d'un air effrayant :
« Je vais donc attendre ici un instant
Que le Petit Chaperon Rouge revienne
Des bois où elle se promène. »
Il se glissa aussitôt dans les habits de Mère-Grand.
(Il ne les avait pas mangés, c'est évident !)
Il mit son manteau, coiffa son chapeau,
Enfila sa paire de godillots[2],
Il se frisa même les cheveux au fer
Et s'assit dans le fauteuil de la grand-mère.
Quand le Chaperon Rouge arriva,
Tout étonnée, elle s'écria :
« Que tu as de grandes oreilles, Mère-Grand ! »
« C'est pour mieux t'écouter, mon enfant. »
« Que tu as de grands yeux, Mère-Grand ! »
« C'est pour mieux te voir, mon enfant ! »
Derrière les lunettes de Mère-Grand,
Le loup la contemplait en souriant.
« Je vais, songeait-il, manger cette enfant.
Après sa vieille grand-mère un peu dure,
Ce sera du caviar[3], c'est sûr ! »

1. **À me mettre sous la dent :** à manger.
2. **Godillots :** grosses chaussures usées.
3. **Caviar :** mets de luxe à base d'œufs de poissons.

Mais le Petit Chaperon Rouge déclara : « Mère-Grand,
Tu as un manteau de fourrure épatant[1] ! »
« Ce n'est pas le texte ! glapit le loup. Attends...
Tu devrais dire : « Que tu as de grandes dents ! »
Enfin... peu importe ce que tu me dis ou non,
C'est moi qui vais te manger, de toute façon ! »
La petite fille sourit, battit d'une paupière[2],
Et de sa culotte sortit un revolver.
C'est à la tête qu'elle visa le loup,
Et *bang*, l'étendit raide mort d'un coup.
J'ai rencontré quelque temps après,
Mlle Chaperon Rouge dans la forêt.
Adieu, rouge manteau ! Quelle transformation !
Adieu, ridicule petit capuchon[3] !
« Hé, dit-elle, tu as vu comme il est beau,
Mon manteau en loup bien chaud ? »

Roald Dahl, « Le Petit Chaperon rouge »
in *Un conte peut en cacher un autre* [1982], trad. de l'anglais par A. Krief,
Gallimard Jeunesse, « Folio Cadet », 2018.

1. **Épatant :** formidable.
2. **Battit d'une paupière :** fit un clin d'œil.
3. **Capuchon :** capuche.

ROMAN DE RENART

Le *Roman de Renart* rassemble plusieurs récits animaliers écrits en vers au Moyen Âge (1170-1250) par différents auteurs. Son principal thème est la lutte du goupil (l'ancien nom du renard) contre le loup Ysengrin. Incarnant la ruse, Renart tourne en ridicule la force brutale et niaise de son rival.

Le Roman de Renart, vol. 2, « Le puits », adapté par J.-M. Mathis et T. Martin, Delcourt, « Mille bulles de l'école des loisirs », 2016. © 2008, Éditions Delcourt.

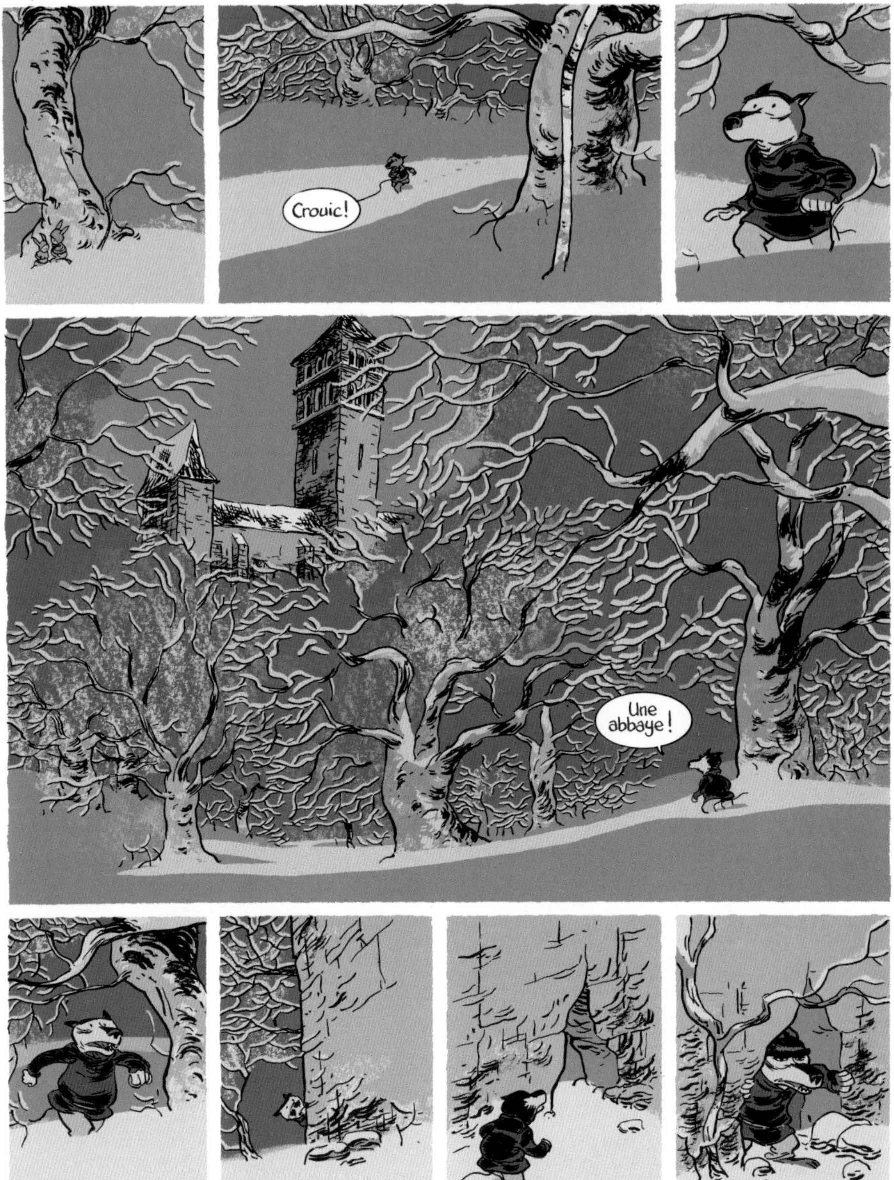
Crouic!
Une abbaye !

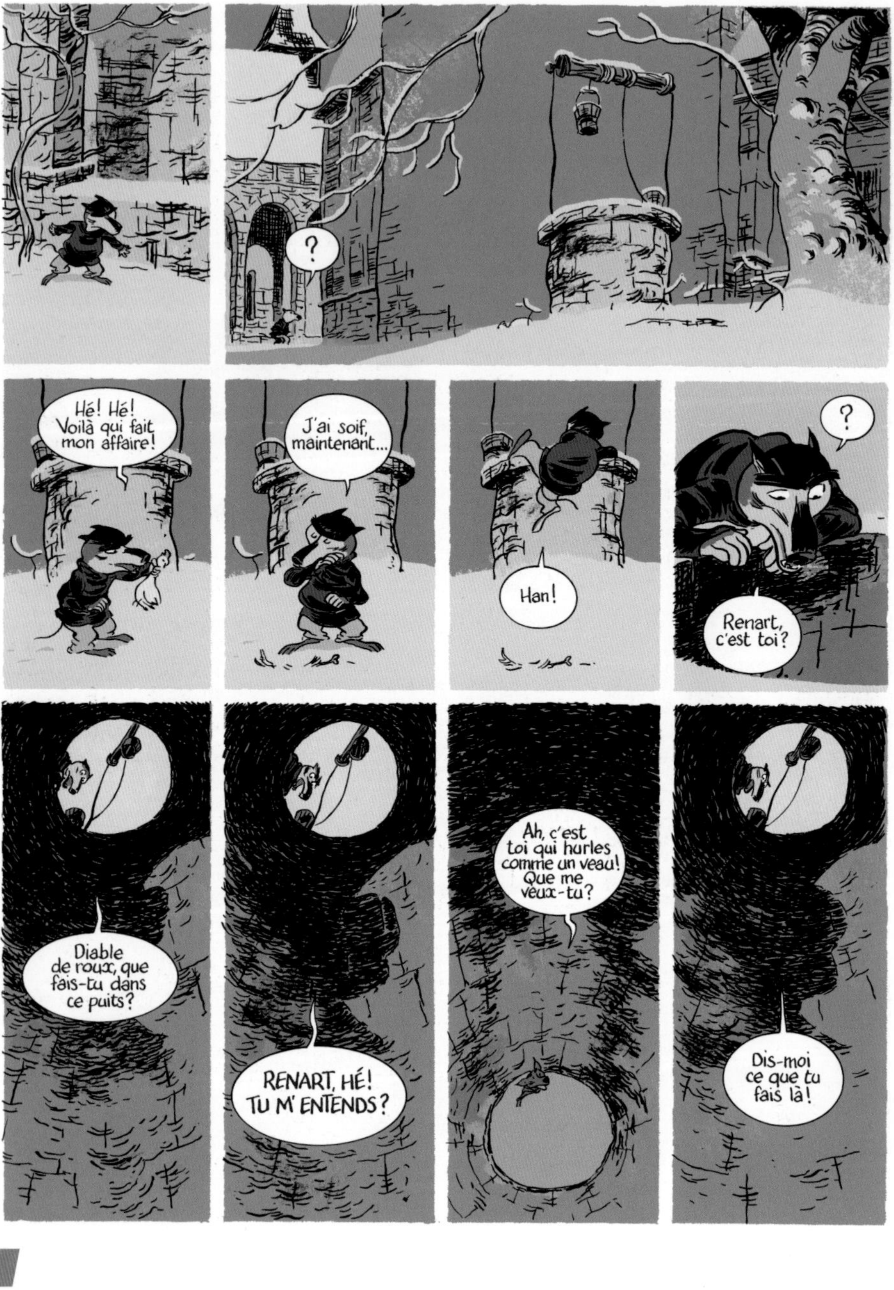
?
Hé! Hé! Voilà qui fait mon affaire!
J'ai soif, maintenant...
Han!
?
Renart, c'est toi?
Diable de roux, que fais-tu dans ce puits?
RENART, HÉ! TU M'ENTENDS?
Ah, c'est toi qui hurles comme un veau! Que me veux-tu?
Dis-moi ce que tu fais là!

Il se trouve que le tout-puissant, dans son infinie bonté, m'a ouvert les portes d'un lieu de délices car vois-tu...
... je suis mort.
Mort ? Depuis quand ?
Depuis deux jours !
Et je te prie, cher oncle, de me pardonner dès à présent les sujets de colère que je t'ai donnés naguère !
Mais oui, bien sûr que je te pardonne ! Ah là là... Tout de même, ta mort me rend un peu chagrin !
Eh bien moi, j'en suis heureux !
Heureux, dis-tu ?
Oui, ici je ne vois que riches campagnes, plaines riantes et vertes forêts !
Les brebis et les chèvres sont grasses, les agneaux à croquer, les lapins, les lièvres et les oisons... innombrables !
Ah ! Quel bonheur de ne plus être dans ce siècle puant ! Quel bonheur d'être au paradis !
Par Saint-Sylvestre ! Je veux y être ! Renart, montre-moi le chemin !
Renonce à cette idée ! Le paradis n'est pas accessible aux félons, aux traîtres et aux tricheurs comme toi !
Ah, si tu t'étais bien comporté avec moi... si tu m'avais mieux considéré...

Allez, allez! Voilà, je me repens de tous mes péchés! Tu es malin, trouve un moyen pour que je te rejoigne!
En effet, cher oncle, je connais un moyen.
Il y a deux seaux reliés à une corde. Tout d'abord...
Fais-en descendre un... en douceur!
Voilà! Et maintenant, que dois-je faire?
Grimpe dans le second seau. Si Dieu t'a pardonné, tu descendras vite et vite tu pourras festoyer!
Ha! Ha! Mon cher neveu...
Je descends!
Renart? Mais... Pourquoi t'en vas-tu?
Ne fais pas cette tête, je vais t'expliquer!
Ici, lorsque l'un descend, l'autre monte, c'est la coutume.
Moi, je monte au paradis et toi, tu dégringoles en enfer! Bon voyage!
Quoi?!

Adieu, cher oncle ! Dommage que tu ne saches pas grimper à la corde !
Embrasse les fesses du diable pour moi !
RENART, SALETÉ ! JE TE HAIS !
QUE LA PESTE T'EMPORTE !
RENAAART !

JEAN DE LA FONTAINE

Lecture intégrale du texte

Dans ses *Fables*, Jean de La Fontaine (1621-1695) s'inspire de nombreux récits oraux, parfois très anciens, qui dénonçaient les défauts des hommes et donnaient des leçons de vie. À travers les comportements de ses animaux, et en particulier du loup, symbole de force et de cruauté, il critique la société de son époque pour instruire les hommes.

Le Loup et l'Agneau

La raison du plus fort est toujours la meilleure[1] :
Nous l'allons montrer tout à l'heure.
Un Agneau se désaltérait[2]
Dans le courant d'une onde[3] pure.
Un Loup survient à jeun[4] qui cherchait aventure,
Et que la faim en ces lieux attirait.
« Qui te rend si hardi[5] de troubler mon breuvage[6] ?
Dit cet animal plein de rage :
Tu seras châtié de ta témérité[7].
– Sire, répond l'Agneau, que votre Majesté
Ne se mette pas en colère ;
Mais plutôt qu'elle considère
Que je me vas désaltérant

---

1. Cette expression signifie que lors d'un conflit ou d'une dispute, c'est toujours le plus fort des deux adversaires qui l'emporte, et non celui qui a raison.
2. **Se désaltérait :** buvait.
3. **Onde :** eau.
4. **À jeun :** qui n'a pas mangé depuis un certain temps.
5. **Hardi :** audacieux, imprudent.
6. **Troubler mon breuvage :** salir mon eau.
7. **Châtié de ta témérité :** puni de ton audace.

Dans le courant,
Plus de vingt pas au-dessous d'Elle[1],
Et que par conséquent, en aucune façon,
Je ne puis troubler sa boisson.
– Tu la troubles, reprit cette bête cruelle,
Et je sais que de moi tu médis[2] l'an passé.
– Comment l'aurais-je fait si je n'étais pas né ?
Reprit l'Agneau, je tette encor ma mère.
– Si ce n'est toi, c'est donc ton frère.
– Je n'en ai point. – C'est donc quelqu'un des tiens :
Car vous ne m'épargnez guère[3],
Vous, vos bergers, et vos chiens.
On me l'a dit : il faut que je me venge. »
Là-dessus, au fond des forêts
Le Loup l'emporte, et puis le mange,
Sans autre forme de procès[4].

Jean de La Fontaine, « Le Loup et l'Agneau »
in *Fables*, Livre I, 1668.

1. L'agneau est allé boire en aval du loup, c'est-à-dire en dessous de lui.
2. **Médis :** dis du mal.
3. **Ne m'épargnez guère :** ne me laissez pas tranquille.
4. **Sans autre forme de procès :** sans faire appel à la justice ou au droit.

Viktor Vasnetsov, *Tsarevich Ivan chevauchant le loup gris*, 1889, huile sur toile, Gallerie Tretyakov, Moscou (Russie).

Partie 2

Le loup sauveur

Lecture intégrale du texte

RUDYARD KIPLING

Grand voyageur, Rudyard Kipling (1865-1936) a charmé des générations d'enfants par ses contes et récits inspirés de ses années passées en Inde. Dans *Le Livre de la Jungle* (1894), il raconte le destin de Mowgli, un petit d'homme abandonné dans la jungle et élevé par les animaux, et contribue ainsi à renouer avec la vision antique de la louve nourricière et protectrice (voir p. 48).

Le Livre de la Jungle

Il y eut un petit froissement de buisson dans le fourré[1]. Père Loup, ses hanches sous lui, se ramassa[2], prêt à sauter. Alors, si vous aviez été là, vous auriez vu la chose la plus étonnante du monde : le loup arrêté à mi-bond. Il prit son élan avant de savoir ce qu'il visait, puis tenta de se retenir. Il en résulta un saut de quatre ou cinq pieds[3] droit en l'air, d'où il retomba presque au même point du sol qu'il avait quitté.

– Un homme ! hargna-t-il[4]. Un petit d'homme. Regarde !

En effet, devant lui, s'appuyant à une branche basse, se tenait un bébé brun tout nu, qui pouvait à peine marcher, le plus doux et potelé[5] petit atome qui fût jamais venu la nuit

1. **Fourré :** massif d'arbustes.
2. **Se ramassa :** s'accroupit.
3. **Quatre ou cinq pieds :** environ un mètre et demi (les pieds sont une unité de mesure de distance.)
4. **Hargna-t-il :** dit-il avec rage.
5. **Potelé :** dodu, grassouillet.

à la caverne d'un loup. Il leva les yeux pour regarder Père Loup en face et se mit à rire.

– Est-ce un petit d'homme ? dit Mère Louve. Je n'en ai jamais vu. Apporte-le ici.

Un loup, accoutumé à transporter ses propres petits, peut très bien, s'il est nécessaire, prendre dans sa gueule un œuf sans le briser. Quoique les mâchoires de Père Loup se fussent refermées complètement sur le dos de l'enfant, pas une dent n'égratigna la peau lorsqu'il le déposa au milieu de ses petits.

– Qu'il est mignon ! Qu'il est nu !... Et qu'il est brave[1] ! dit avec douceur Mère Louve.

Le bébé se poussait, entre les petits, contre la chaleur du flanc[2] tiède.

– Ah ! Ah ! Il prend son repas avec les autres... Ainsi, c'est un petit d'homme. A-t-il jamais existé une louve qui pût se vanter d'un[3] petit d'homme parmi ses enfants ?

– J'ai parfois ouï[4] parler de semblable chose, mais pas dans notre clan ni de mon temps, dit Père Loup. Il n'a pas un poil, et je pourrais le tuer en le touchant du pied. Mais, voyez, il me regarde et n'a pas peur !

1. **Brave :** courageux.
2. **Flanc :** ventre de la louve où se trouvent ses mamelles.
3. **Se vanter d' :** être fière d'.
4. **Ouï :** entendu.

Le Livre de la Jungle, film d'animation de Wolfgang Reitherman, 1967.

Le clair de lune s'éteignit à la bouche[1] de la caverne, car la grosse tête carrée et les fortes épaules de Shere Khan[2] en bloquaient l'ouverture et tentaient d'y pénétrer. Tabaqui[3], derrière lui, piaulait[4] :

– Monseigneur, Monseigneur, il est entré ici !

– Shere Khan nous fait grand honneur, dit Père Loup, les yeux mauvais. Que veut Shere Khan ?

1. **Bouche :** ouverture, entrée.
2. Shere Khan est un tigre dont le nom signifie « seigneur lion » en langue hindi.
3. Tabaqui est un chacal qui accompagne souvent Shere Khan pour se nourrir des restes des proies qu'il a chassées.
4. **Piaulait :** poussait des petits cris plaintifs.

– Ma proie. Un petit d'homme a pris ce chemin. Ses parents se sont enfuis. Donnez-le-moi !

Shere Khan avait sauté sur le feu d'un campement de bûcherons, comme l'avait dit Père Loup, et la brûlure de ses pattes le rendait furieux. Mais Père Loup savait l'ouverture de la caverne trop étroite pour un tigre. Même où il se tenait, les épaules et les pattes de Shere Khan étaient resserrées par le manque de place, comme les membres d'un homme qui tenterait de combattre dans un baril[1].

– Les loups sont un peuple libre, dit Père Loup. Ils ne prennent d'ordres que du Conseil supérieur du Clan, et non point d'aucun tueur de bœufs plus ou moins rayé. Le petit d'homme est à nous... pour le tuer s'il nous plaît.

– S'il vous plaît !... Quel langage est-ce là ? Par le taureau que j'ai tué, dois-je attendre, le nez dans votre repaire[2] de chiens, lorsqu'il s'agit de mon dû[3] le plus strict ? C'est moi, Shere Khan, qui parle.

Le rugissement du tigre emplit la caverne de son tonnerre. Mère Louve secoua les petits de son flanc et s'élança, ses yeux, comme deux lunes vertes dans les ténèbres, fixés sur les yeux flambants de Shere Khan.

1. **Baril :** petit tonneau.
2. **Repaire :** abri, refuge.
3. **Mon dû :** ce qui me revient de droit.

– Et c'est moi, Raksha (le Démon), qui vais te répondre. Le petit d'homme est mien, Lungri[1], le mien, à moi ! Il ne sera point tué. Il vivra pour courir avec le Clan, et pour chasser avec le Clan ; et, prends-y garde, chasseur de petits tout nus, mangeur de grenouilles, tueur de poissons ! Il te fera la chasse, à toi !... Maintenant, sors d'ici, ou, par le Sambhur[2] que j'ai tué – car moi je ne me nourris pas de bétail mort de faim –, tu retourneras à ta mère, tête brûlée[3] de Jungle, plus boiteux que jamais tu ne vins au monde. Va-t'en !

Père Loup leva les yeux, stupéfait. Il ne se souvenait plus assez des jours où il avait conquis Mère Louve, en loyal[4] combat contre cinq autres loups, au temps où, dans les expéditions du Clan, ce n'était pas par pure politesse qu'on la nommait le Démon. Shere Khan aurait pu tenir tête à Père Loup, mais il ne pouvait s'attaquer à Mère Louve, car il savait que, dans la position où il se trouvait, elle gardait tout l'avantage du terrain et qu'elle combattrait à mort. Aussi se recula-t-il hors de l'ouverture en grondant ; et, quand il fut à l'air libre, il cria :

– Chaque chien aboie dans sa propre cour. Nous verrons ce que dira le Clan, comment il prendra cet élevage de

1. **Lungri :** « le boiteux » en langue hindi. Nom donné à Shere Khan par sa mère car il est boiteux d'un pied depuis sa naissance.
2. **Sambhur :** grand cerf qui vit dans la jungle.
3. **Tête brûlée :** expression qui désigne une personne qui prend des risques sans en mesurer les conséquences.
4. **Loyal :** qui respecte les lois de l'honneur.

petit d'homme. Le petit est à moi, et sous ma dent il faudra bien qu'à la fin il tombe, ô voleurs à queues touffues !

Mère Louve se laissa retomber, pantelante[1], parmi les petits, et Père Loup lui dit gravement :

– Shere Khan a raison. Le petit doit être montré au Clan. Veux-tu encore le garder, mère ?

Elle haletait[2] :

– Si je veux le garder !... Il est venu tout nu, la nuit, seul et mourant de faim, et il n'avait même pas peur. Regarde, il a déjà poussé un de nos bébés de côté. Et ce boucher boiteux l'aurait tué et se serait sauvé ensuite vers la Waingunga[3], tandis que les villageois d'ici seraient accourus, à travers nos reposées[4], faire une battue[5] pour en tirer vengeance !... Si je le garde ? Assurément[6], je le garde. Couche-toi là, petite Grenouille... Ô toi, Mowgli, car Mowgli[7] la Grenouille je veux t'appeler, le temps viendra où tu feras la chasse à Shere Khan comme il t'a fait la chasse à toi !

– Mais que dira notre Clan ? dit Père Loup.

Rudyard Kipling, *Le Livre de la Jungle* [1894-1895],
trad. de l'anglais par L. Fabulet et R. d'Humières, 1899.

1. **Pantelante :** à bout de souffle, épuisée.
2. **Haletait :** respirait de manière saccadée.
3. **Waingunga :** rivière indienne.
4. **Reposées :** endroits où les animaux se cachent pour ne pas être attrapés par les chasseurs.
5. **Battue :** technique de chasse qui consiste à abattre les arbustes pour en faire sortir les animaux qui y sont cachés.
6. **Assurément :** certainement, sûrement.
7. Mowgli signifie « petite grenouille » en langue hindi.

JACK LONDON

Lecture intégrale du texte

Aventurier amoureux des grands espaces sauvages, Jack London (1876-1916) célèbre dans ses romans la beauté et la liberté de la nature. Le héros de *Croc-Blanc* (1906), un chien-loup né sauvage, se confronte au monde des hommes. Si les rapports de force dominent entre l'homme et le loup, l'écrivain britannique raconte comment une véritable amitié est malgré tout possible.

Croc-Blanc

Le maître[1] montait souvent à cheval et l'accompagner était pour Croc-Blanc un des principaux devoirs de sa vie. Sur la Terre du Nord, il avait prouvé sa fidélité à Castor-Gris[2] en portant les harnais[3] du traîneau. Ici, il n'y avait plus de traîneau à tirer, ni de fardeau[4] à recevoir sur le dos. Suivre le cheval du maître était une façon de payer son tribut[5]. La plus longue course ne le fatiguait pas et, après avoir couru durant cinquante milles[6], de son allure de loup, régulière et inlassable[7], il sautait encore joyeusement.

Au cours d'une de ces promenades, il arriva que le maître tenta d'apprendre à un pur-sang[8] comment ouvrir

1. Scott est le nouveau maître de Croc-Blanc.
2. Cet Indien a recueilli Croc-Blanc lorsqu'il était petit et lui a appris à vivre parmi les humains.
3. **Harnais :** équipements qui permettent aux chiens de tirer un traîneau.
4. **Fardeau :** lourde charge.
5. **Payer son tribut :** se rendre utile en échange de ce qu'on lui donne.
6. **Cinquante milles :** quatre-vingt kilomètres (les milles sont une unité de mesure de distance anglaise.)
7. **Inlassable :** infatigable.
8. **Pur-sang :** race de cheval.

et fermer une barrière sans que le cavalier ait besoin de descendre à terre. À plusieurs reprises, Scott avait amené le cheval devant la barrière et s'était efforcé de lui faire accomplir le mouvement nécessaire. L'animal s'effrayait, reculait, se cabrait[1], de plus en plus énervé. Éperonné vigoureusement[2], il s'abattit sur les genoux et, des pieds de derrière, se mit à ruer[3]. Croc-Blanc, qui observait ce spectacle avec une anxiété croissante[4], n'y pouvant plus tenir, bondit à la tête du cheval et se mit soudain à aboyer. Cet aboiement était le premier qu'il ait proféré[5] de sa vie.

L'intervention fut désastreuse[6]. Le cheval se releva, s'élança au galop à travers champs, un lapin lui partit dans les jambes, lui faisant faire un brusque écart. Il tomba sur Scott, en lui cassant une jambe. Croc-Blanc sautait déjà à la gorge de la malheureuse bête, lorsque le maître l'arrêta de la voix.

Scott, étendu sur le sol, chercha dans ses poches un crayon et du papier, mais n'en trouva pas. Il se résolut à envoyer Croc-Blanc au logis, sans autre explication.

« À la maison ! dit-il. Va à la maison ! »

1. **Se cabrait :** se dressait sur ses pattes arrière.
2. **Éperonné vigoureusement :** ayant reçu d'énergiques coups d'éperons, sortes de pointes, dans les flancs pour avancer plus vite.
3. **Ruer :** donner de violents coups avec les pattes arrière.
4. **Anxiété croissante :** inquiétude de plus en plus vive.
5. **Proféré :** prononcé.
6. **Désastreuse :** catastrophique.

Mais Croc-Blanc ne semblait pas vouloir le quitter. Scott renouvela son ordre, plus impérativement[1]. Croc-Blanc, qui savait ce que signifiait « À la maison ! », le regarda, en semblant réfléchir, s'éloigna, puis revint et poussa un gémissement plaintif[2]. Scott lui parla gentiment, mais avec fermeté. Croc-Blanc coucha ses oreilles, écouta et parut s'efforcer de comprendre.

« Écoute-moi, vieux compagnon ! disait le maître. File à la maison ! Tu leur diras ce qui m'arrive ! »

Croc-Blanc, sans saisir[3] le sens exact de toutes ces paroles, comprit que la volonté du maître était qu'il se rende à la maison. Il fit volte-face[4] et trotta au loin, à contre-cœur, en se retournant de temps à autre, pour regarder en arrière.

« Va ! criait Scott. Vas-y ! »

La famille était réunie sur le perron[5], à prendre le frais, lorsque Croc-Blanc arriva, haletant[6] et poussiéreux.

« Weedon est revenu », annonça la mère de Scott, en voyant l'animal.

Les enfants coururent vers Croc-Blanc et commencèrent à vouloir jouer avec lui. Il les évita et, comme ils

1. **Impérativement :** avec plus d'autorité.
2. **Gémissement plaintif :** petit cri de plainte.
3. **Saisir :** comprendre.
4. **Volte-face :** demi-tour.
5. **Perron :** terrasse ou escalier à l'entrée d'une maison.
6. **Haletant :** respirant avec difficulté.

l'avaient acculé[1] dans un coin, entre un rocking-chair[2] et un banc, il gronda sauvagement, en essayant de se dégager. La femme de Scott eut un frémissement[3].

« Je tremble toujours, dit-elle, qu'il ne se jette sur eux, quelque jour, sans crier gare[4].

– Un loup est un loup! prononça sentencieusement[5] le juge Scott. Il est prudent de ne pas s'y fier[6]. Sans doute y a-t-il en lui quelques gouttes de sang de chien... »

Il n'avait pas achevé sa phrase qu'il aperçut devant lui Croc-Blanc, qui grondait, avec une mine singulière[7].

« Va-t-en ! Couché ! » ordonna le juge.

Croc-Blanc se retourna vers la femme du maître et saisit avec ses dents le bas de sa robe, tirant sur la fragile étoffe[8] jusqu'à ce qu'il l'ait déchirée. Alice poussa un cri de frayeur.

Croc-Blanc maintenant s'était tu et ne grondait plus. Il demeurait immobile, la tête levée, et regardant en face la famille qui le fixait. Des spasmes[9] muets lui secouaient la

1. **Acculé :** coincé dans un espace sans issue.
2. **Rocking-chair :** fauteuil à bascule.
3. **Frémissement :** tremblement.
4. **Sans crier gare :** à l'improviste, sans que l'on s'y attende.
5. **Sentencieusement :** d'une manière solennelle.
6. **S'y fier :** lui faire confiance.
7. **Singulière :** inhabituelle.
8. **Étoffe :** tissu.
9. **Spasmes :** tremblements musculaires.

Photographie de loup.

gorge, et tout son corps se convulsait[1], comme s'il avait tenté d'exprimer l'inexprimable.

« On croirait qu'il essaie de parler ! » dit Beth.

À ce moment, la parole vint à Croc-Blanc, sous la forme d'un aboiement éclatant. Ce fut le second et le dernier de sa vie. Mais il s'était fait comprendre.

« Il est arrivé quelque chose à Scott ! » dit Alice.

Et tout le monde accompagna Croc-Blanc, qui déjà descendait les marches du perron en regardant si on le suivait.

Après cet événement, l'hôte de Sierra Vista[2] trouva au foyer[3] une place meilleure. Tout le monde admit que c'était là le plus sage des chiens, bien qu'il ne soit qu'un loup.

Jack London, *Croc-Blanc* [1906], chapitre 21,
trad. de l'anglais (États-Unis) par L. Postif et P. Gruyer [1923],
adapté par L. Meurisse,

1. **Convulsait :** était agité par des petits mouvements.
2. **Sierra Vista :** ville où vit Croc-Blanc.
3. **Au foyer :** à la maison.

Lecture intégrale du texte

ÉVELYNE BRISOU-PELLEN

Évelyne Brisou-Pellen (née en 1947) raconte la légende qui entoure la fondation de la ville de Rome en 753 avant J.-C. Terrorisé à l'idée que les jumeaux de sa nièce lui reprennent un jour le pouvoir, le roi Amulius ordonne de jeter les nouveau-nés dans les eaux grises et tumultueuses du Tibre. Mais le destin de Romulus et Rémus n'est pas de périr noyés...

Romulus et Rémus, les fils de la louve

La louve renifla dans le vent. Il flottait ici une curieuse odeur. Ça sentait... un peu comme l'homme, mais sans les habituels relents[1] de sueur et de vin. On aurait plutôt dit une senteur de lait. Ça ne paraissait pas menaçant.

Le reste de sa meute[2] n'y avait pas prêté attention et poursuivait la chasse. La louve était peut-être plus sensible au danger, parce qu'elle était femelle dominante[3], et donc la seule à avoir des petits.

Elle dressa les oreilles. Un autre fumet[4] se mêlait au premier. Celui de l'urine. Un animal venait de marquer son territoire ! Un territoire qui était le leur, dont ils avaient délimité les frontières de leur propre urine !

---

1. **Relents :** mauvaises odeurs.
2. **Meute :** groupe de loups qui vivent ensemble.
3. **Femelle dominante :** chez les loups, femelle qui prend avec le mâle dominant les décisions nécessaires à la survie de la meute.
4. **Fumet :** odeur.

Elle orienta ses oreilles vers le fleuve et fixa avec anxiété[1] le pied de la colline. L'odeur arrivait droit de la grotte où elle avait sa tanière[2] !

Sans plus réfléchir, la louve bondit de rocher en rocher et fila le long de la pente. La tanière était si bien protégée par les eaux du fleuve qu'elle n'avait demandé à personne d'y monter la garde. Ses petits étaient seuls là-bas !

Elle n'aurait jamais dû les laisser. Ils n'avaient pas quinze jours, ils étaient incapables de se défendre. S'il leur arrivait quelque chose...

Elle s'arrêta net. Elle ne percevait aucun signal de détresse[3] venant de ses enfants. En revanche, au bord du fleuve, sous le figuier, elle distinguait un objet incongru[4].

C'était ça qui sentait le lait et l'urine. Et un reste d'odeur d'homme. Un objet fabriqué par les humains ? La crainte lui hérissa[5] le poil. Ces animaux terrifiants avaient le pouvoir de tuer de loin, sans se battre, juste avec des tiges de bois qui s'enfonçaient dans le corps.

La louve poussa un grognement menaçant pour le cas où l'objet des hommes présenterait un danger, puis avança

1. **Anxiété :** angoisse, vive inquiétude.
2. **Tanière :** caverne où les bêtes sauvages se mettent à l'abri.
3. **Signal de détresse :** signe lancé en cas de danger.
4. **Incongru :** inattendu, surprenant.
5. **Hérissa :** dressa.

prudemment[1], en posant avec légèreté ses coussinets[2] sur le sol.

Elle s'immobilisa de nouveau à quelques pas, une patte en l'air.

L'objet était un genre de nid en osier[3], qui avait dû être apporté là par le fleuve en crue[4].

Elle jeta un rapide coup d'œil dans la grotte. Ses louveteaux y étaient au complet, serrés les uns contre les autres, dormant tranquillement. Pas de soucis de ce côté-là.

Elle s'approcha du drôle de nid. Eh ! Dedans, il y avait deux petits d'homme. Les yeux grands ouverts, ils l'observaient avec curiosité, sans pousser de cris à la manière des adultes de cette race quand ils l'apercevaient.

Stupéfiant[5].

Elle regarda autour d'elle. Elle ne pouvait pas les laisser là, à découvert, à la merci du premier prédateur[6] venu !

Au-dessus, dans les branches du figuier, un pivert[7] la fixait de son œil rond, comme s'il s'inquiétait de ce qu'elle allait décider.

Décider...

---

1. **Prudemment :** avec prudence, en faisant attention.
2. **Coussinets :** dessous des pattes des mammifères.
3. **Osier :** bois souple que l'on tresse pour réaliser des paniers.
4. **En crue :** qui déborde de ses rives.
5. **Stupéfiant :** très étonnant.
6. **Prédateur :** animal qui se nourrit d'animaux vivants.
7. **Pivert :** oiseau au plumage jaune et vert.

Bon, Il n'y avait rien d'autre à faire. Elle saisit un petit d'homme par la peau du cou.

Hélas, il se mit aussitôt à hurler. Il faut dire que sa peau était très mal conçue[1], pas élastique du tout ; la louve n'avait jamais rien connu d'aussi peu pratique.

Elle hésita. Les cris lui perçaient les oreilles et elle sentait qu'elle faisait mal au petit, mais elle ne voyait pas d'autre solution. Elle avait toujours procédé comme ça avec ses louveteaux, et aucun d'eux ne s'était jamais plaint.

Elle remonta le plus vite possible à la grotte et déposa le hurleur près de sa portée[2]. Puis elle s'occupa d'aller chercher le deuxième.

Même comédie. Ça braillait à pleins poumons[3]. Il exagérait, elle serrait à peine. Enfin, juste de quoi ne pas le laisser tomber en chemin. En tout cas, ces deux-là avaient des voix à réveiller un sourd. Elle pariait que les meutes étaient en alerte jusqu'aux confins[4] du royaume et croyaient qu'elle était en train de les dévorer tout vifs.

Elle se coucha vite contre eux. Malheureusement, ils n'avaient même pas l'idée de ramper pour attraper ses mamelles, elle dut changer de position pour s'approcher encore.

1. **Très mal conçue :** ici, fragile.
2. **Portée :** ensemble des petits qu'une femelle a mis au monde.
3. **Ça braillait à pleins poumons :** les bébés pleuraient très fort (familier).
4. **Aux confins :** dans les régions les plus éloignées.

***La Louve capitoline*,**
fin du ve siècle-début du ive siècle avant J.-C.,
sculpture en bronze, musée du Capitole, Rome (Italie).

Le mythe de Romulus et Rémus

Ouf! Un peu de paix. Rien ne valait une bonne tétée[1] pour calmer les braillards.

Ses louveteaux se glissèrent en couinant[2] entre les petits d'homme et s'accrochèrent aux autres tétons. Eux n'ouvraient pas encore les yeux, cependant ils se débrouillaient très bien pour trouver la nourriture sans se croire obligés d'alerter tous les environs.

On le lui avait dit, les petits d'homme étaient très maladroits et très fragiles. Ils avaient les yeux ouverts, d'accord,

---

1. **Tétée:** action de boire du lait aux mamelles.
2. **En couinant :** en poussant de petits cris.

mais ils ne savaient pas se déplacer seuls, ils n'avaient pas de fourrure pour les protéger, ni même de dents. Enfin, ça, elle ne s'en plaignait pas : au moins, ils ne lui mordillaient pas les mamelles de leurs pointes aiguës comme ses propres enfants.

Elle se rallongea.

Aïe ! elle se sentait un petit creux à l'estomac. Elle n'avait pas poursuivi la chasse et, du coup, n'avait rien mangé. Elle devrait jeûner[1] jusqu'au lendemain.

Bon, tant pis. Elle ne pouvait pas laisser seuls les nouveaux venus.

D'ailleurs, elle se demandait s'il ne lui restait pas un peu de la viande qu'elle avait enterrée avant de mettre bas[2] ses petits, justement pour les coups durs.

Le coup dur, elle n'avait pas imaginé que ce serait ça.

Elle redressa la tête et examina les deux masses roses et potelées[3] au milieu des fourrures noires. Pas très propres, les mignons, et rester dans la crasse n'était pas bon. Elle entreprit de les lécher partout.

Éveline Brisou-Pellen, *Romulus et Rémus, les fils de la louve*,

1. **Jeûner :** se retenir de manger.
2. **Mettre bas :** donner naissance (chez les animaux).
3. **Potelées :** dodues, grassouillettes.

Les Enfants loups, Ame et Yuki,
film d'animation de Mamoru Hosoda, 2012.

Partie 3

Le loup : ami ou ennemi ?

DANIEL PENNAC

Dans *L'Œil du loup*, Daniel Pennac (né en 1944) met en scène avec tendresse la rencontre émouvante d'un enfant et d'un loup qui tourne en rond dans sa cage dans un zoo. Lorsque l'animal, qui ne veut pas voir les hommes qui lui ont fait du mal et le retiennent prisonnier, accepte enfin de regarder l'enfant, un lien unique s'établit entre eux.

Lecture intégrale du texte

L'Œil du loup

Un œil jaune, tout rond, avec, bien au centre, une pupille noire. Un œil qui ne cligne jamais. C'est tout à fait comme si le garçon regardait une bougie allumée dans la nuit ; il ne voit plus que cet œil : les arbres, le zoo, l'enclos, tout a disparu. Il ne reste qu'une seule chose : *l'œil du loup*. Et l'œil devient de plus en plus gros, de plus en plus rond, comme une lune rousse dans un ciel vide, avec, en son milieu, une pupille de plus en plus noire et des petites taches de couleurs différentes qui apparaissent dans le jaune brun de l'iris[1], ici une tache bleue (bleue comme l'eau gelée sous le ciel), là un éclair d'or, brillant comme une paillette.

Mais le plus important, c'est la pupille. La pupille noire !

– Tu as voulu me regarder, eh bien, regarde-moi !

Voilà ce que semble dire la pupille. Elle brille d'un éclat terrible. « C'est ça, pense le garçon : *une flamme noire* ! »

Et le voilà qui répond :

1. **Iris :** cercle coloré de l'œil qui entoure la pupille.

Loup, film de Nicolas Vanier, 2009.

– D'accord, Flamme Noire, je te regarde, je n'ai pas peur.

La pupille a beau grossir, envahir l'œil tout entier, brûler comme un véritable incendie, le garçon ne détourne pas son regard. Et c'est quand tout est devenu noir, absolument noir, qu'il découvre ce que personne n'a jamais vu avant lui dans l'œil du loup : *la pupille est vivante*. C'est une louve noire, couchée en boule au milieu de ses petits, et qui fixe le garçon en grondant. Elle ne bouge pas mais, sous sa fourrure luisante, on la sent tendue comme un orage. Ses babines[1]

1. **Babines :** lèvres des animaux.

sont retroussées[1] au-dessus de ses crocs éblouissants. Les extrémités de ses pattes frémissent[2]. Elle va bondir. Un petit garçon de cette taille, elle n'en fera qu'une bouchée.

– C'est bien vrai que tu n'as pas peur ?

C'est bien vrai. Le garçon reste là. Il ne baisse pas son œil. Le temps passe. Alors, très lentement, les muscles de Flamme Noire se détendent. Elle finit par murmurer entre ses crocs :

– Bon, d'accord, si tu y tiens, regarde autant que tu voudras, mais ne me dérange pas pendant que je fais la leçon aux petits, hein ?

Et, sans plus s'occuper du garçon, elle promène un long regard sur les sept louveteaux duveteux[3] qui sont couchés autour d'elle. Ils lui font une auréole[4] rousse.

« L'iris, pense le garçon, l'iris autour de la pupille... »

Oui, cinq louveteaux sont exactement du même roux que l'iris. Le pelage du sixième est bleu, bleu comme l'eau gelée sous un ciel pur. Loup Bleu ! Et la septième (c'est une petite louve jaune) est comme un éclair d'or. Les yeux se plissent quand on la regarde. Ses frères l'appellent Paillette.

Daniel Pennac, *L'Œil du loup* [1984],
Pocket Jeunesse, 2003.

1. **Retroussées :** relevées.
2. **Frémissent :** bougent légèrement.
3. **Duveteux :** recouverts de duvet, le pelage fin et doux des bébés animaux.
4. **Auréole :** cercle lumineux qui entoure la tête des anges, et ici de la louve.

J. K. ROWLING

Lecture intégrale du texte

J.K. Rowling (née en 1965) est l'autrice de la série *Harry Potter* qui retrace les aventures d'un jeune garçon apprenti sorcier. Dans le troisième tome de la série, Sirius Black, un dangereux criminel en fuite, s'intéresse à Harry Potter qui cherche de l'aide auprès de Remus Lupin, son professeur de défense contre les Forces du Mal. Mais Lupin cache, lui aussi, un terrible secret…

Harry Potter et le prisonnier d'Azkaban

– J'étais encore un petit garçon quand j'ai été mordu. Mes parents ont tout essayé, mais à l'époque, il n'existait pas de traitement. La potion que m'a préparée le professeur Rogue[1] est une découverte récente. Elle me permet de me contrôler. Si je la prends dans la semaine qui précède la pleine lune, je reste lucide[2] pendant le temps de ma transformation… Je me réfugie dans mon bureau et je ne suis plus qu'un loup inoffensif[3]. Il me suffit alors d'attendre la fin de la pleine lune. Mais avant que la potion Tue-loup ait été découverte, je devenais un véritable monstre une fois par mois. Il semblait impossible que je puisse étudier à Poudlard. Les autres parents refuseraient certainement que leurs enfants soient exposés au danger que je représentais. Mais à cette époque, Dumbledore devint directeur de l'école et il éprouva pour moi de la compassion. Il assura

1. Professeur de potions à l'école des sorciers, Poudlard.
2. **Lucide :** conscient.
3. **Inoffensif :** incapable de faire du mal.

qu'en prenant certaines précautions, il n'y avait pas de raisons que je ne puisse pas faire mes études normalement…

[…] À cette époque, mes transformations étaient… étaient épouvantables. C'est très douloureux de se métamorphoser[1] en loup-garou. Je ne pouvais mordre personne, puisque j'étais seul, je me mordais donc moi-même. Les villageois entendaient le bruit que je faisais, les hurlements que je poussais et ils pensaient qu'il s'agissait de fantômes particulièrement agressifs. Dumbledore encourageait cette rumeur et même maintenant, alors que la maison est restée silencieuse pendant des années et des années, les

1. Se métamorphoser : se transformer.

Harry Potter et le prisonnier d'Azkaban,
film de Alfonso Cuaron, 2004.

Visionnez un extrait du film

habitants de Pré-au-lard[1] n'osent pas en approcher... Mais en dehors de mes périodes de métamorphose, jamais je n'avais été aussi heureux. Pour la première fois de ma vie, j'avais des amis, trois excellents amis, Sirius Black... Peter Pettigrow... et, bien sûr, votre père, Harry... James Potter. Bien entendu, mes amis s'apercevaient que je disparaissais une fois par mois. J'inventais toute sorte d'histoires pour expliquer mon absence. Je leur racontais que ma mère était malade et que j'allais la voir à la maison... J'étais terrorisé à l'idée qu'ils me laissent tomber si jamais ils apprenaient ce que j'étais vraiment. Bien entendu, tout comme vous,

1. Nom du village qui se trouve proche de Poudlard.

Hermione, ils ont fini par découvrir la vérité... Mais ils ne m'ont pas du tout laissé tomber. Au contraire, ils ont fait quelque chose qui rendait mes métamorphoses très supportables et qui en faisait même les meilleurs moments de ma vie. Ils sont devenus des Animagi[1].

J. K. Rowling, *Harry Potter et le prisonnier d'Azkaban*, trad. de l'anglais par Jean-François Ménard, Gallimard Jeunesse, « Folio Junior », 2000.

1. Un Animagus est un sorcier qui a la capacité de se transformer à volonté en l'animal qui correspond le mieux à sa personnalité. Sous leur forme d'Animagi, James Potter (cerf), Sirius Black (chien) et Peter Pettigrow (rat) arrivaient plus facilement à contrôler leur ami que sous leur forme humaine.

MARCEL AYMÉ

Lecture intégrale du texte

Romancier et dramaturge, Marcel Aymé (1902-1967) raconte dans les *Contes du chat perché* les aventures de Delphine et Marinette, deux fillettes qui vivent dans une ferme, avec leurs parents, entourées d'animaux doués de parole. Avec humour, il met en scène le loup dans une variation autour du *Petit Chaperon rouge*, interrogeant la capacité de l'animal à renoncer à sa nature de prédateur.

« Le Loup »

Caché derrière la haie, le loup surveillait patiemment les abords de la maison. Il eut la satisfaction de voir les parents sortir de la cuisine. Comme ils étaient sur le seuil[1] de la porte, ils firent une dernière recommandation[2].

– Souvenez-vous, disaient-ils, de n'ouvrir la porte à personne, qu'on vous prie[3] ou qu'on vous menace. Nous serons rentrés à la nuit.

Lorsqu'il vit les parents bien loin au dernier tournant du sentier, le loup fit le tour de la maison en boitant d'une patte, mais les portes étaient bien fermées. Du côté des cochons et des vaches, il n'avait rien à espérer. Ces espèces n'ont pas assez d'esprit[4] pour qu'on puisse les persuader de se laisser manger. Alors, le loup s'arrêta devant la cuisine,

1. **Sur le seuil de la porte :** à l'entrée de la maison.
2. **Recommandation :** avertissement.
3. **Prie :** supplie.
4. **Esprit :** intelligence.

posa ses pattes sur le rebord de la fenêtre et regarda l'intérieur du logis[1].

Delphine et Marinette jouaient aux osselets[2] devant le fourneau. Marinette, la plus petite, qui était aussi la plus blonde, disant à sa sœur Delphine :

– Quand on n'est rien que deux, on ne s'amuse pas bien. On ne peut pas jouer à la ronde.

– C'est vrai, on ne peut jouer ni à la ronde, ni à la paume placée.

– Ni au furet, ni à la courotte malade.

– Ni à la mariée, ni à la balle fondue[3].

– Et pourtant, qu'est-ce qu'il y a de plus amusant que de jouer à la ronde ou à la paume placée ?

– Ah ! si on était trois...

Comme les petites lui tournaient le dos, le loup donna un coup de nez sur le carreau pour faire entendre qu'il était là. Laissant leurs jeux, elles vinrent à la fenêtre en se tenant par la main.

– Bonjour, dit le loup. Il ne fait pas chaud dehors. Ça pince[4], vous savez.

La plus blonde se mit à rire, parce qu'elle le trouvait drôle avec ses oreilles pointues et ce pinceau de poils

1. **Logis :** maison.
2. **Osselets :** ancien jeu d'adresse.
3. La paume placée, le furet, la courotte malade, la mariée et la balle fondue sont des jeux pour enfants des années 1930-1940.
4. **Ça pince :** il fait froid (familier).

hérissés sur le haut de la tête. Mais Delphine ne s'y trompa point. Elle murmura en serrant la main de la plus petite :

– C'est le loup.

– Le loup ? dit Marinette, alors on a peur ?

– Bien sûr, on a peur.

Tremblantes, les petites se prirent par le cou, mêlant leurs cheveux blonds et leurs chuchotements. Le loup dut convenir qu'il n'avait rien vu d'aussi joli depuis le temps qu'il courait par bois et par plaines. Il en fut tout attendri.

– Mais qu'est-ce que j'ai ? pensait-il, voilà que je flageole[1] sur mes pattes.

À force d'y réfléchir, il comprit qu'il était devenu bon, tout à coup. Si bon et si doux qu'il ne pourrait plus jamais manger d'enfants.

Le loup pencha la tête du côté gauche, comme on fait quand on est bon, et prit sa voix la plus tendre :

– J'ai froid, dit-il, et j'ai une patte qui me fait bien mal. Mais ce qu'il y a, surtout, c'est que je suis bon. Si vous vouliez m'ouvrir la porte, j'entrerais me chauffer à côté du fourneau et on passerait l'après-midi ensemble.

Les petites se regardaient un peu surprises. Elles n'auraient jamais soupçonné que le loup pût avoir une voix aussi douce. Déjà rassurée, la plus blonde fit un signe

1. **Flageole :** tremble de faiblesse.

d'amitié, mais Delphine, qui ne perdait pas si facilement la tête, eut tôt fait de se ressaisir[1].

– Allez-vous-en, dit-elle, vous êtes le loup.

– Vous comprenez, ajouta Marinette avec un sourire, ce n'est pas pour vous renvoyer, mais nos parents nous ont défendu d'ouvrir la porte, qu'on nous prie ou qu'on nous menace.

Alors le loup poussa un grand soupir, ses oreilles pointues se couchèrent de chaque côté de sa tête. On voyait qu'il était triste.

– Vous savez, dit-il, on raconte beaucoup d'histoires sur le loup, il ne faut pas croire tout ce qu'on dit. La vérité, c'est que je ne suis pas méchant du tout.

Il poussa encore un grand soupir qui fit venir les larmes dans les yeux de Marinette.

Les petites étaient ennuyées de savoir que le loup avait froid et qu'il avait mal à une patte. La plus blonde murmura quelque chose à l'oreille de sa sœur, en clignant de l'œil du côté du loup, pour lui faire entendre qu'elle était de son côté, avec lui. Delphine demeura pensive[2] car elle ne décidait rien à la légère.

1. **Eut tôt fait de se ressaisir :** retrouva vite sa prudence.
2. **Demeura pensive :** réfléchit longuement.

Illustration pour une édition allemande
des *Contes* de Charles Perrault, XXe siècle.

– Il a l'air doux comme ça, dit-elle, mais je ne m'y fie pas[1]. Rappelle-toi « le loup et l'agneau »[2]… L'agneau ne lui avait pourtant rien fait.

Et comme le loup protestait de ses bonnes intentions, elle lui jeta par le nez[3] :

– Et l'agneau, alors ?… Oui, l'agneau que vous avez mangé ?

Le loup n'en fut pas démonté[4].

– L'agneau que j'ai mangé, dit-il. Lequel ?

Il disait ça tout tranquillement, comme une chose toute simple et qui va de soi, avec un air et un accent d'innocence qui faisaient froid dans le dos.

– Comment ? vous en avez donc mangé plusieurs ! s'écria Delphine. Eh bien ! c'est du joli !

– Mais naturellement que j'en ai mangé plusieurs. Je ne vois pas où est le mal… Vous mangez bien, vous !

Il n'y avait pas moyen de dire le contraire. On venait justement de manger du gigot au déjeuner de midi.

– Allons, reprit le loup, vous voyez bien que je ne suis pas méchant. Ouvrez-moi la porte, on s'assiéra en rond autour du fourneau, et je vous raconterai des histoires.

1. **Je ne m'y fie pas :** je ne lui fais pas confiance.
2. Il s'agit ici de la fable de Jean de La Fontaine « Le Loup et l'Agneau » (voir pages 32-33).
3. **Elle lui jeta par le nez :** elle lui reprocha (familier).
4. **Démonté :** confus, gêné.

Depuis le temps que je rôde[1] au travers des bois et que je cours les plaines, vous pensez si j'en connais... Rien qu'en vous racontant ce qui est arrivé l'autre jour aux trois lapins de la lisière[2], je vous ferais bien rire.

Les petites se disputaient à voix basse. La plus blonde était d'avis qu'on ouvrît la porte au loup, et tout de suite. On ne pouvait pas le laisser grelotter sous la bise[3] avec une patte malade. Mais Delphine restait méfiante.

– Enfin, disait Marinette, tu ne vas pas lui reprocher encore les agneaux qu'il a mangés. Il ne peut pourtant pas se laisser mourir de faim !

– Il n'a qu'à manger des pommes de terre, répliquait Delphine.

Marinette se fit si pressante[4], elle plaida[5] la cause du loup avec tant d'émotion dans la voix et tant de larmes dans les yeux, que sa sœur aînée finit par se laisser toucher. Déjà Delphine se dirigeait vers la porte. Elle se ravisa[6] dans un éclat de rire et, haussant les épaules, dit à Marinette consternée[7] :

– Non tout de même, ce serait trop bête !

Delphine regarda le loup bien en face.

1. **Rôde :** erre au hasard.
2. **Lisière :** bordure, entrée de la forêt.
3. **Bise :** vent froid d'hiver.
4. **Se fit si pressante :** insista tant.
5. **Plaida :** défendit.
6. **Se ravisa :** changea d'avis.
7. **Consternée :** chagrinée.

– Dites donc, Loup, j'avais oublié le Petit Chaperon rouge. Parlons-en un peu du Petit Chaperon rouge, voulez-vous ?

Le loup baissa la tête avec humilité. Il ne s'attendait pas à celle-là. On l'entendit renifler derrière la vitre.

– C'est vrai, avoua-t-il, je l'ai mangé, le Petit Chaperon rouge. Mais je vous assure que j'en ai déjà eu bien du remords. Si c'était à refaire...

– Oui, oui, on dit toujours ça.

Le loup se frappa la poitrine à l'endroit du cœur. Il avait une belle voix grave.

– Ma parole, si c'était à refaire, j'aimerais mieux mourir de faim.

– Tout de même, soupira la plus blonde, vous avez mangé le Petit Chaperon rouge.

– Je ne vous dis pas, consentit le loup, je l'ai mangé, c'est entendu. Mais c'est un péché[1] de jeunesse. Il y a si longtemps, n'est-ce pas ? À tout péché miséricorde[2]... Et puis, si vous saviez les tracas[3] que j'ai eus à cause de cette petite ! Tenez, on est allé jusqu'à dire que j'avais commencé par manger la grand-mère, eh bien ! ce n'est pas vrai du tout...

1. **Péché :** erreur.
2. **À tout péché miséricorde :** toute erreur mérite d'être pardonnée (proverbe).
3. **Tracas :** soucis.

Ici, le loup se mit à ricaner, malgré lui, et probablement sans bien se rendre compte qu'il ricanait.

– Je vous demande un peu ! manger de la grand-mère, alors que j'avais une petite fille bien fraîche qui m'attendait pour mon déjeuner ! Je ne suis pas si bête...

Au souvenir de ce repas de chair fraîche, le loup ne sut se tenir[1] de passer plusieurs fois sa grande langue sur ses babines, découvrant de longues dents pointues qui n'étaient pas pour rassurer les deux petites.

– Loup, s'écria Delphine, vous êtes un menteur ! Si vous aviez tous les remords que vous dites, vous ne vous lécheriez pas ainsi les babines !

Le loup était bien penaud[2] de s'être pourléché[3] au souvenir d'une gamine potelée et fondant sous la dent. Mais il se sentait si bon, si loyal[4], qu'il ne voulut pas douter de lui-même.

– Pardonnez-moi, dit-il, c'est une mauvaise habitude que je tiens de famille, mais ça ne veut rien dire...

– Tant pis pour vous si vous êtes mal élevé, déclara Delphine.

– Ne dites pas ça, soupira le loup, j'ai tant de regrets.

– C'est aussi une habitude de famille de manger les petites filles ? Vous comprenez, quand vous promettez de

1. **Se tenir :** ici, se retenir.
2. **Penaud :** honteux.
3. **Pourléché :** passé la langue sur les lèvres avec gourmandise.
4. **Loyal :** honnête.

ne plus jamais manger d'enfants, c'est à peu près comme si Marinette promettait de ne plus jamais manger de dessert.

Marinette rougit, et le loup essaya de protester :

– Mais puisque je vous jure...

– N'en parlons plus et passez votre chemin. Vous vous réchaufferez en courant.

Alors le loup se mit en colère parce qu'on ne voulait pas croire qu'il était bon.

– C'est quand même un peu fort, criait-il, on ne veut jamais entendre la voix de la vérité ! C'est à vous dégoûter d'être honnête. Moi je prétends qu'on n'a pas le droit de décourager les bonnes volontés comme vous le faites. Et vous pouvez dire que si jamais je remange de l'enfant, ce sera de votre faute !

En l'écoutant, les petites ne songeaient pas sans beaucoup d'inquiétude au fardeau[1] de leurs responsabilités et aux remords qu'elles se préparaient peut-être. Mais les oreilles du loup dansaient si pointues, ses yeux brillaient d'un éclat si dur, et ses crocs entre les babines retroussées, qu'elles demeuraient immobiles de frayeur.

Le loup comprit qu'il ne gagnerait rien par des paroles d'intimidation[2]. Il demanda pardon de son emportement et essaya de la prière. Pendant qu'il parlait, son regard se voilait de tendresse, ses oreilles se couchaient ; et son

1. **Fardeau :** poids.
2. **Intimidation :** menace.

René Magritte, *Le Civilisateur*, 1946, gouache sur papier, collection privée.

nez qu'il appuyait au carreau lui faisait une gueule aplatie, douce comme un mufle de vache.

– Tu vois bien qu'il n'est pas méchant, disait la petite blonde.

– Peut-être, répondait Delphine, peut-être.

Comme la voix du loup devenait suppliante, Marinette n'y tint plus et se dirigea vers la porte. Delphine, effrayée, la retint par une boucle de ses cheveux. Il y eut des gifles données, des gifles rendues. Le loup s'agitait avec désespoir derrière la vitre, disant qu'il aimait mieux s'en aller que d'être le sujet d'une querelle[1] entre les deux plus jolies blondes qu'il eût jamais vues. Et, en effet, il quitta la fenêtre et s'éloigna, secoué par de grands sanglots.

– Quel malheur, songeait-il, moi qui suis bon, si tendre... elles ne veulent pas de mon amitié. Je serais devenu meilleur encore, je n'aurais même plus mangé d'agneaux.

Cependant, Delphine regardait le loup qui s'en allait clochant sur trois pattes, transi[2] par le froid et par le chagrin. Prise de remords et de pitié, elle cria par la fenêtre :

– Loup ! on n'a plus peur... Venez vite vous réchauffer !

Mais la plus blonde avait déjà ouvert la porte et courait à la rencontre du loup.

– Mon Dieu ! soupirait le loup, comme c'est bon d'être assis au coin du feu. Il n'y a vraiment rien de meilleur que la vie en famille. Je l'avais toujours pensé.

Les yeux humides de tendresse, il regardait les petites qui se tenaient timidement à l'écart. Après qu'il eut léché sa patte endolorie[3], exposé son ventre et son dos à la chaleur du foyer[4], il commença de raconter des histoires. Les petites s'étaient approchées pour écouter les aventures du renard, de l'écureuil, de la taupe ou des trois lapins de la lisière. Il y en avait de si drôles que le loup dut les redire deux et trois fois.

1. **Querelle :** dispute.
2. **Transi :** engourdi, paralysé.
3. **Endolorie :** blessée.
4. **Foyer :** lieu où l'on fait du feu dans une maison.

Marinette avait déjà pris son ami par le cou, s'amusant à tirer ses oreilles pointues, à le caresser à lisse-poil et à rebrousse-poil. Delphine fut un peu longue à se familiariser[1], et la première fois qu'elle fourra[2], par manière de jeu, sa petite main dans la gueule du loup, elle ne put se défendre de remarquer :

– Ah ! comme vous avez de grandes dents...

Le loup eut un air si gêné que Marinette lui cacha la tête dans ses bras.

Par délicatesse, le loup ne voulut rien dire de la grande faim qu'il avait au ventre.

– Ce que je peux être bon, songeait-il avec délices, ce n'est pas croyable.

Après qu'il eut raconté beaucoup d'histoires, les petites lui proposèrent de jouer avec elles.

– Jouer ? dit le loup, mais c'est que je ne connais pas de jeux, moi.

En un moment, il eut appris à jouer à la main chaude, à la ronde, à la paume placée et à la courotte malade. Il chantait avec une assez belle voix de basse[3] les couplets de *Compère Guilleri*, ou de *La Tour, prends garde*[4]. Dans la cuisine, c'était un vacarme de bousculades, de cris, de grands rires et de chaises renversées. Il n'y avait plus la moindre

1. **Se familiariser :** l'apprivoiser.
2. **Fourra :** glissa.
3. **Basse :** voix grave et profonde.
4. Comptines pour enfant à la mode dans les années 1930-1940.

gêne entre les trois amis qui se tutoyaient comme s'ils s'étaient toujours connus.

– Loup, c'est toi qui t'y colles[1] !

– Non, c'est toi ! tu as bougé ! elle a bougé...

– Un gage pour le loup !

Le loup n'avait jamais tant ri de sa vie, il riait à s'en décrocher la mâchoire.

– Je n'aurais jamais cru que c'était si amusant de jouer, disait-il. Quel dommage qu'on ne puisse pas jouer comme ça tous les jours !

– Mais, Loup, répondaient les petites, tu reviendras. Nos parents s'en vont tous les jeudis après-midi. Tu guetteras leur départ et tu viendras taper au carreau comme tout à l'heure.

Pour finir, on joua au cheval. C'était un beau jeu. Le loup faisait le cheval, la plus blonde était montée à califourchon sur son dos, tandis que Delphine le tenait par la queue et menait l'attelage[2] à fond de train au travers des chaises. La langue pendante, la gueule fendue jusqu'aux oreilles, essoufflé par la course et par le rire qui lui faisait saillir[3] les côtes, le loup demandait parfois la permission de respirer.

– Pouce ! disait-il d'une voix entrecoupée. Laissez-moi rire... je n'en peux plus... Ah ! non, laissez-moi rire !

1. **C'est toi qui t'y colles :** c'est ton tour.
2. **Attelage :** animaux attachés ensemble pour tirer un véhicule.
3. **Saillir :** ressortir.

Alors, Marinette descendait de cheval. Delphine lâchait la queue du loup et, assis par terre, on se laissait aller à rire jusqu'à s'étrangler.

La joie prit fin vers le soir, quand il fallut songer au départ du loup. Les petites avaient envie de pleurer, et la plus blonde suppliait :

– Loup, reste avec nous, on va jouer encore. Nos parents ne diront rien, tu verras…

– Ah non ! disait le loup. Les parents, c'est trop raisonnable. Ils ne comprendraient jamais que le loup ait pu devenir bon. Les parents, je les connais.

– Oui, approuva Delphine, il vaut mieux ne pas t'attarder. J'aurais peur qu'il t'arrive quelque chose.

Les trois amis se donnèrent rendez-vous pour le jeudi suivant. Il y eut encore des promesses et de grandes effusions[1]. Enfin, lorsque la plus blonde lui eut noué un ruban bleu autour du cou, le loup gagna la campagne et s'enfonça dans les bois.

Sa patte endolorie le faisait encore souffrir, mais, songeant au prochain jeudi qui le ramènerait auprès des deux petites, il fredonnait[2] sans souci de l'indignation[3] des corbeaux somnolant sur les plus hautes branches :

Compère Guilleri,
Te laisseras-tu mouri…

1. **Effusions :** embrassades.
2. **Fredonnait :** chantonnait.
3. **Indignation :** colère, révolte.

En rentrant à la maison, les parents reniflèrent sur le seuil de la cuisine.

– Nous sentons ici comme une odeur de loup, dirent-ils.

Et les petites se crurent obligées de mentir et de prendre un air étonné, ce qui ne manque jamais d'arriver quand on reçoit le loup en cachette de ses parents.

– Comment pouvez-vous sentir une odeur de loup ? protesta Delphine. Si le loup était entré dans la cuisine, nous serions mangées toutes les deux.

– C'est vrai, accorda son père, je n'y avais pas songé. Le loup vous aurait mangées.

Mais la plus blonde, qui ne savait pas dire deux mensonges d'affilée, fut indignée qu'on osât parler du loup avec autant de perfidie[1].

– Ce n'est pas vrai, dit-elle en tapant du pied, le loup ne mange pas les enfants, et ce n'est pas vrai non plus qu'il soit méchant. La preuve...

Heureusement que Delphine lui donna un coup de pied dans les jambes, sans quoi elle allait tout dire.

Là-dessus, les parents entreprirent tout un long discours où il était surtout question de la voracité[2] du loup. La mère voulut en profiter pour conter une fois de plus l'aventure du Petit Chaperon rouge, mais, aux premiers mots qu'elle dit, Marinette l'arrêta.

1. **Perfidie :** méchanceté.
2. **Voracité :** très grand appétit.

– Tu sais, maman, les choses ne se sont pas du tout passées comme tu crois. Le loup n'a jamais mangé la grand-mère. Tu penses bien qu'il n'allait pas se charger l'estomac juste avant de déjeuner d'une petite fille bien fraîche.

– Et puis, ajouta Delphine, on ne peut pas lui en vouloir éternellement, au loup…

– C'est une vieille histoire…

– Un péché de jeunesse…

– Et à tout péché miséricorde.

– Le loup n'est plus ce qu'il était dans le temps.

– On n'a pas le droit de décourager les bonnes volontés.

Les parents n'en croyaient pas leurs oreilles.

Le père coupa court à ce plaidoyer[1] scandaleux en traitant ses filles de têtes en l'air. Puis il s'appliqua à démontrer[2] par des exemples bien choisis que le loup resterait toujours le loup, qu'il n'y avait point de bon sens à espérer de le voir jamais s'améliorer et que, s'il faisait un jour figure d'animal débonnaire[3], il en serait encore plus dangereux.

Tandis qu'il parlait, les petites songeaient aux belles parties de cheval et de paume placée qu'elles avaient faites en cet après-midi, et à la grande joie du loup qui riait, gueule ouverte, jusqu'à perdre le souffle.

1. **Plaidoyer :** discours pour défendre quelqu'un.
2. **Démontrer :** prouver.
3. **Débonnaire :** aimable et inoffensif.

– On voit bien, concluait le père, que vous n'avez jamais eu affaire au loup…

Alors, comme la plus blonde donnait du coude à sa sœur, les petites éclatèrent d'un grand rire, à la barbe de leur père[1]. On les coucha sans souper, pour les punir de cette insolence, mais longtemps après qu'on les eut bordées dans leurs lits, elles riaient encore de la naïveté de leurs parents.

Les jours suivants, pour distraire l'impatience[2] où elles étaient de revoir leur ami, et avec une intention ironique[3] qui n'était pas sans agacer leur mère, les petites imaginèrent de jouer au loup. La plus blonde chantait sur deux notes les paroles consacrées :

« Promenons-nous le long du bois, pendant que le loup y est pas. Loup y es-tu ? m'entends-tu ? quoi fais-tu ? »

Et Delphine, cachée sous la table de la cuisine, répondait : « Je mets ma chemise. » Marinette posait la question autant de fois qu'il était nécessaire au loup pour passer une à une toutes les pièces de son harnachement[4], depuis les chaussettes jusqu'à son grand sabre. Alors, il se jetait sur elle et la dévorait.

Tout le plaisir du jeu était dans l'imprévu, car le loup n'attendait pas toujours d'être prêt pour sortir du bois. Il lui arrivait aussi bien de sauter sur sa victime alors qu'il

1. **À la barbe de leur père :** sous le nez de leur père qui ne remarqua rien.
2. **Distraire l'impatience :** s'occuper en attendant.
3. **Ironique :** moqueuse.
4. **Harnachement :** habillement.

était en manches de chemise, ou n'ayant même pour tout vêtement qu'un chapeau sur la tête.

Les parents n'apprécieraient pas tout l'agrément[1] du jeu. Excédés[2] d'entendre cette rengaine[3], ils l'interdirent le troisième jour, donnant pour prétexte[4] qu'elle leur cassait les oreilles. Bien entendu, les petites ne voulurent pas d'autre jeu, et la maison demeura silencieuse jusqu'au jour du rendez-vous.

Le loup avait passé toute la matinée à laver son museau, à lustrer[5] son poil et à faire bouffer la fourrure de son cou. Il était si beau que les habitants du bois passèrent à côté de lui sans le reconnaître d'abord. Lorsqu'il gagna la plaine, deux corneilles qui bayaient[6] au clair de midi, comme elles font presque toutes après déjeuner, lui demandèrent pourquoi il était si beau.

– Je vais voir mes amies, dit le loup avec orgueil. Elles m'ont donné rendez-vous pour le début de l'après-midi.

– Elles doivent être bien belles, que tu aies fait si grande toilette.

– Je crois bien ! Vous n'en trouverez pas, sur toute la plaine, qui soient aussi blondes.

1. **Agrément :** côté amusant, plaisant.
2. **Excédés :** énervés et fatigués.
3. **Rengaine :** air ou refrain que l'on répète.
4. **Prétexte :** fausse raison.
5. **Lustrer :** rendre brillant.
6. **Bayaient :** bâillaient.

Les corneilles en bayaient maintenant d'admiration, mais une vieille pie jacassière[1], qui avait écouté la conversation, ne put s'empêcher de ricaner.

– Loup, je ne connais pas tes amies, mais je suis sûre que tu auras su les choisir bien dodues, et bien tendres... ou je me trompe beaucoup.

– Taisez-vous, péronnelle[2] ! s'écria le loup en colère. Voilà pourtant comme on vous bâtit une réputation[3], sur des commérages[4] de vieille pie. Heureusement, j'ai ma conscience pour moi[5] !

En arrivant à la maison, le loup n'eut pas besoin de cogner au carreau ; les deux petites l'attendaient sur le pas de la porte. On s'embrassa longuement, et plus tendrement encore que la dernière fois, car une semaine d'absence avait rendu l'amitié impatiente.

– Ah ! Loup, disait la plus blonde, la maison était triste, cette semaine. On a parlé de toi tout le temps.

– Et tu sais, Loup, tu avais raison : nos parents ne veulent pas croire que tu puisses être bon.

– Ça ne m'étonne pas. Si je vous disais que tout à l'heure, une vieille pie...

1. **Jacassière :** qui jacasse comme une pie.
2. **Péronnelle :** sotte (familier).
3. **On vous bâtit une réputation :** on répand une bonne ou une mauvaise opinion à votre sujet.
4. **Commérages :** bavardages malveillants.
5. **J'ai ma conscience pour moi :** je sais que je n'ai rien à me reprocher.

Costume de Léon Bakst pour le ballet
***La Belle au bois dormant*, 1921.**

– Et pourtant, Loup, on t'a bien défendu, même que nos parents nous ont envoyées au lit sans souper.

– Et dimanche, on nous a défendu de jouer au loup.

Les trois amis avaient tant à se dire qu'avant de songer aux jeux, ils s'assirent à côté du fourneau. Le loup ne savait plus où donner de la tête. Les petites voulaient savoir tout ce qu'il avait fait dans la semaine, s'il n'avait pas eu froid, si sa patte était bien guérie, s'il avait rencontré le renard, la bécasse, le sanglier.

– Loup, disait Marinette, quand viendra le printemps, tu nous emmèneras dans les bois, loin, là où il y a toutes sortes de bêtes. Avec toi, on n'aura pas peur.

– Au printemps, mes mignonnes, vous n'aurez rien à craindre dans les bois. D'ici là, j'aurai si bien prêché[1] les compagnons de la forêt que les plus hargneux[2] seront devenus doux comme des filles. Tenez, pas plus tard qu'avant-hier, j'ai rencontré le renard qui venait de saigner[3] tout un poulailler. Je lui ai dit que ça ne pouvait plus continuer comme ça, qu'il fallait changer de vie. Ah ! je vous l'ai sermonné d'importance[4] ! Et lui qui fait tant le malin d'habitude, savez-vous ce qu'il m'a répondu ? « Loup, je ne demande qu'à suivre ton exemple. Nous en reparlerons un peu plus tard, et quand j'aurai eu le temps d'apprécier

1. **Prêché :** convaincu à force de leçons.
2. **Hargneux :** agressifs.
3. **Saigner :** tuer de manière cruelle en répandant le sang.
4. **Je l'ai sermonné d'importance :** je lui ai bien fait la leçon.

toutes tes bonnes œuvres, je ne tarderai plus à me corriger. » Voilà ce qu'il m'a répondu, tout renard qu'il est.

– Tu es si bon, murmura Delphine.

– Oh ! oui, je suis bon, il n'y a pas à dire le contraire. Et pourtant, voyez ce que c'est, vos parents ne le croiront jamais. Ça fait de la peine, quand on y pense.

Pour dissiper la mélancolie[1] de cette réflexion, Marinette proposa une partie de cheval. Le loup se donna au jeu avec plus d'entrain[2] encore que le jeudi précédent. La partie de cheval terminée, Delphine demanda :

– Loup, si on jouait au loup ?

Le jeu était nouveau pour lui, on lui en expliqua les règles, et tout naturellement, il fut désigné pour être le loup. Tandis qu'il était caché sous la table, les petites passaient et repassaient devant lui en chantant le refrain :

« Promenons-nous le long du bois, pendant que le loup y est pas. Loup y es-tu ? m'entends-tu ? quoi fais-tu ? »

Le loup répondait en se tenant les côtes, la voix étranglée par le rire :

– Je mets mon caleçon.

Toujours riant, il disait qu'il mettait sa culotte, puis ses bretelles, son faux col, son gilet. Quand il en vint à enfiler ses bottes, il commença d'être sérieux.

1. **Dissiper la mélancolie :** faire passer la tristesse.
2. **Entrain :** bonne humeur.

– Je boucle mon ceinturon, dit le loup, et il éclata d'un rire bref. Il se sentait mal à l'aise, une angoisse lui étreignait[1] la gorge, ses ongles grattèrent le carrelage de la cuisine.

Devant ses yeux luisants[2], passaient et repassaient les jambes des deux petites. Un frémissement lui courut sur l'échine[3], les babines se froncèrent.

– ... Loup y es-tu ? m'entends-tu ? quoi fais-tu ?

– Je prends mon grand sabre ! dit-il d'une voix rauque[4], et déjà les idées se brouillaient dans sa tête. Il ne voyait plus les jambes des fillettes, il les humait[5].

– ... Loup y es-tu ? m'entends-tu ? quoi fais-tu ?

– Je monte à cheval et je sors du bois !

Alors le loup, poussant un grand hurlement, fit un bond hors de sa cachette, la gueule béante[6] et les griffes dehors. Les petites n'avaient pas encore eu le temps de prendre peur, qu'elles étaient déjà dévorées. Heureusement, le loup ne savait pas ouvrir les portes, il demeura prisonnier dans la cuisine. En rentrant, les parents n'eurent qu'à lui ouvrir le ventre pour délivrer les deux petites. Mais, au fond, ce n'était pas de jeu.

1. **Étreignait :** serrait.
2. **Luisants :** brillants.
3. **Échine :** colonne vertébrale d'un animal.
4. **Rauque :** enrouée, sauvage.
5. **Humait :** sentait, reniflait.
6. **Béante :** grande ouverte.

Delphine et Marinette lui en voulaient un peu de ce qu'il les eût mangées sans plus d'égards[1], mais elles avaient si bien joué avec lui qu'elles prièrent les parents de le laisser s'en aller. On lui recousit le ventre solidement avec deux mètres d'une bonne ficelle frottée d'un morceau de suif[2], et une grosse aiguille à matelas. Les petites pleuraient parce qu'il avait mal, mais le loup disait en retenant ses larmes :

– Je l'ai bien mérité, allez, et vous êtes encore trop bonnes de me plaindre. Je vous jure qu'à l'avenir on ne me prendra plus à être aussi gourmand. Et d'abord, quand je verrai des enfants je commencerai par me sauver.

On croit que le loup a tenu parole. En tout cas, l'on n'a pas entendu dire qu'il ait mangé de petite fille depuis son aventure avec Delphine et Marinette.

Marcel Aymé, « Le Loup » in *Les Contes bleus du chat perché*, « Folio Junior », Gallimard Jeunesse, 2017, © Éditions Gallimard jeunesse.

1. **Sans plus d'égards :** sans prendre en compte leur amitié.
2. **Suif :** graisse.

Comprendre les textes

Vérifier sa compréhension des textes

Répondez aux questions suivantes.

Le loup : bourreau ou victime ?

1. Quel personnage le petit Chaperon rouge de Charles Perrault rencontre-t-elle sur sa route ? Comment se passe cette rencontre ?

2. Pour quelle raison le petit Chaperon rouge de Roald Dahl abandonne-t-elle son capuchon ?

3. Dans quel lieu le loup Ysengrin, dans la bande dessinée du *Roman de Renart*, se retrouve-t-il prisonnier ?

4. Quelle est la dernière raison qu'invoque le Loup pour dévorer l'Agneau ?

Le loup sauveur

5. Quel animal s'oppose à Mère Louve au sujet de Mowgli ?

6. Quelle mission Scott confie-t-il à Croc-Blanc ?

7. Que découvre la louve romaine au bord du fleuve du Tibre ?

Le loup : ami ou ennemi ?

8. Qui regarde l'œil du loup ?

9. Qu'arrive-t-il au professeur Lupin les nuits de pleine lune ?

10. Qui vient délivrer Delphine et Marinette ?

Donner ses impressions de lecture

1 Choisissez un adjectif pour qualifier chaque texte de l'anthologie que vous venez de lire. Justifiez vos choix.

Émouvant — Effrayant — Drôle — Inquiétant — Triste

2 Selon vous, quel loup de l'anthologie est le plus cruel ? Et lequel est le plus ridicule ? Justifiez votre réponse en donnant des exemples précis.

3 **a.** Quel texte vous a le plus surpris(e) ? Pourquoi ?

b. Comparez votre réponse avec celles de vos camarades et discutez de vos choix.

4 Parmi les textes de l'anthologie, choisissez-en quatre et classez-les selon votre ordre de préférence. Justifiez votre choix.

5 Choisissez le passage du recueil dans lequel le loup vous a paru le plus terrifiant et préparez-en une lecture à voix haute qui mettra en valeur la crainte qu'il inspire.

Texte 1 Le Petit Chaperon rouge

Charles Perrault (p. 16-21)

→ Comment le conte merveilleux met-il en scène la cruauté du loup ?

1 Quelles erreurs successives commet le petit Chaperon rouge ? Pour répondre, complétez le tableau ci-dessous.

Quand elle rencontre le loup (l. 12 à 25)	
En chemin (l. 26 à 30)	
Quand elle toque à la porte (l. 47 à 56)	

2 **a.** LANGUE Page 21, lignes 64 à 73, quel adjectif traduit la peur de la petite fille ?

b. Quel aspect du loup sa répétition souligne-t-elle ?

3 Remettez dans l'ordre chronologique les étapes du conte sur l'axe ci-dessous.

a. Le loup dévore le petit Chaperon rouge.
b. Le petit Chaperon rouge rencontre le loup dans les bois.
c. Le loup court chez la mère-grand.
d. Le loup dévore la mère-grand.

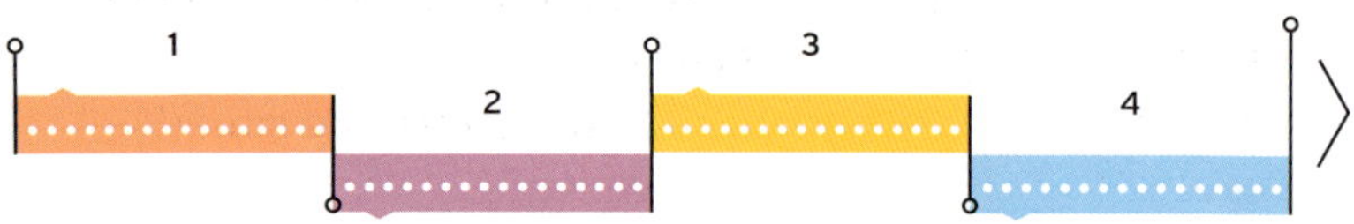

4 Comparez le conte de Charles Perrault et la réécriture de Roald Dahl. Quelle version vous a le plus marqué(e) ?

Texte 2 Le Roman de Renart

J.-M. Mathis et T. Martin (p. 26-31)

→ De quelle manière la bande dessinée tourne-t-elle le loup en ridicule ?

1 En vous appuyant sur les dernières vignettes de la page 27, caractérisez l'attitude du loup à son arrivée à l'abbaye.

2 **a.** Quelles caractéristiques humaines les deux animaux possèdent-ils ?

b. Quel semble être leur lien de parenté ?

3 **a.** Où Renart prétend-il se trouver pour convaincre le loup de descendre dans le puits ?

b. Pourquoi le loup désire-t-il l'y rejoindre ?

4 Reliez chacun des personnages à ses traits de caractère.

Loup •	• Malin
Renart •	• Naïf
	• Rusé
	• Confiant
	• Traître

5 **a.** Page 30, comment les quatre vignettes inférieures mettent-elles en scène le retournement de situation ? Justifiez votre réponse en vous appuyant sur la construction des images et la position des personnages.

b. Selon vous, que suscite ce retournement de situation chez le lecteur ?

6 Comparez le dénouement de la bande dessinée à celui de la fable de Jean de la Fontaine (p. 32-33). Dans quelle situation le loup se retrouve-t-il à la fin de chacun de ces textes ?

Découvrez Mowgli au cinéma

Texte 3 Le Livre de la Jungle

Rudyard Kipling (p. 36-41)

→ En quoi la louve est-elle présentée comme une figure protectrice ?

1 Observez les dialogues. Quelle est la particularité des animaux mis en scène par Rudyard Kipling ?

2 **a.** LANGUE Retrouvez les trois adjectifs utilisés par Mère Louve pour caractériser l'enfant (l. 23).
b. Qu'est-ce que cela traduit de son attitude ?

3 Reliez chaque phrase à l'animal qui la prononce pour expliquer le conflit qui oppose Shere Khan et Mère Louve.

- Mère Louve •
- Shere Khan •

- • « Le petit d'homme est mien, Lungri »
- • « Donnez-le-moi ! »
- • « Il vivra pour courir avec le Clan »
- • « sous ma dent il faudra bien qu'à la fin il tombe »

4 **a.** Quel est le surnom de Mère Louve ? Complétez les lettres du mot ci-dessous.

D _ _ _ N

b. LANGUE À quel mode sont conjugués les verbes des lignes 65 et 67 ?

c. Quelle précision ces éléments nous apportent-ils sur son caractère ?

5 Selon vous, en quoi peut-on rapprocher Mère Louve de la louve du texte *Romulus et Rémus, les fils de la louve* (p. 48 à 53) ?

Texte 4 L'Œil du loup

Daniel Pennac (p. 56-58)

→ De quelle manière les deux visages de l'animal sont-ils mis en évidence ?

1 Que découvre le garçon en regardant l'œil de l'animal ? Pour répondre, complétez le tableau suivant.

	Couleur	Découverte
Pupille		
Iris		

2 **a.** Expliquez pourquoi l'expression « Flamme noire » (l. 15) est un oxymore.
b. Selon vous, que révèle ce surnom sur la personnalité de la louve ?

Vocabulaire
Un **oxymore** est l'alliance de deux mots de **sens contraire**.

3 LANGUE Relisez le portrait de la louve, lignes 23 à 28. Quelle impression s'en dégage ? Justifiez votre réponse à l'aide de quatre adjectifs et d'une comparaison.

4 De quelle qualité le garçon fait-il preuve face au loup ?

5 Observez l'image de la page 57.
a. Quelle relation semblent entretenir la jeune fille et le loup ?
b. En quoi l'attitude de la jeune fille est-elle comparable à celle du garçon dans le texte ?

6 Quels points communs relevez-vous entre l'attitude de la louve et celle de Mère Louve dans *Le Livre de la Jungle* ?

Comprendre les enjeux des textes

Un personnage intemporel et fascinant

1 Selon vous, qu'est-ce qui fascine autant chez le loup ? Justifiez votre réponse en vous appuyant sur votre lecture des textes de l'anthologie.

2 **a.** À quelle époque se déroule chacune des aventures suivantes ? Quels détails vous permettent de répondre ?

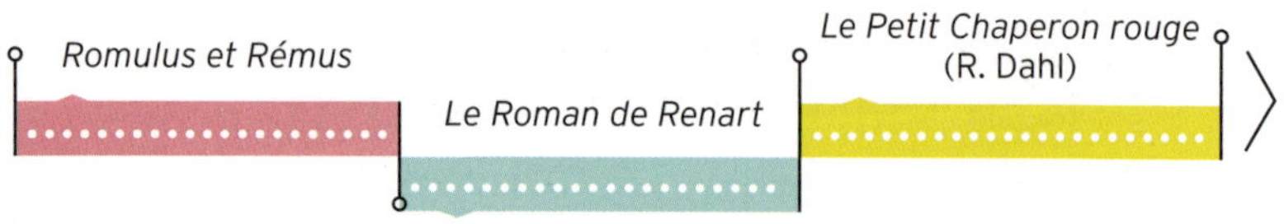

b. Que remarquez-vous ?

La raison du plus fort

3 **a.** Dressez la liste des victimes du loup dans les différents textes.

b. Quelles caractéristiques ont-elles en commun ?

4 **a.** Qu'est-ce qui pousse le loup à les attaquer ? Justifiez votre réponse en vous appuyant sur la présence d'un même champ lexical. Pour vous aider, complétez les lettres du mot ci-dessous.

F __ I __

5 **a.** Quelle est la morale de la fable de Jean de La Fontaine ?

b. Quels autres textes de l'anthologie illustrent également cette idée ?

c. Qu'en pensez-vous ? Débattez à l'oral avec vos camarades.

Visionnez Le Peuple Loup

Sous le masque du loup

6 Choisissez l'un des parcours suivants et répondez aux questions afin de mettre en évidence les caractéristiques du loup dans les textes de l'anthologie.

Parcours 1 ★

Comparez les deux versions du *Petit Chaperon rouge* (p. 16 à 25) et cochez les affirmations qui sont vraies.

- ☐ On retrouve les mêmes personnages.
- ☐ Les récits possèdent tous les deux une moralité.
- ☐ Les récits se terminent de la même manière.
- ☐ Le loup se déguise en humain.

Parcours 2 ★★

Quelle ruse emploie le loup pour dévorer le petit Chaperon rouge dans le conte de Charles Perrault et dans la réécriture de Roald Dahl ?

Parcours 3 ★★★

Complétez le tableau suivant en indiquant pour chaque texte si le loup parle et/ou porte des vêtements.

Le Petit Chaperon rouge (C. Perrault)		
Le Petit Chaperon rouge (R. Dahl)		
Le Roman de Renart		
« Le Loup et l'Agneau »		
Le Livre de la Jungle		
Croc-Blanc		
« Le Loup »		

Vocabulaire

1 Associez chaque expression contenant le mot « loup » à sa définition. Vous pouvez vous aider d'un dictionnaire.

Se jeter dans la gueule du loup •	• Avoir un grand appétit
Avancer à pas de loup •	• Être un marin expérimenté
Crier au loup •	• S'exposer à un danger de manière imprudente
Être un vieux loup de mer •	• Appeler à l'aide
Avoir une faim de loup •	• Marcher doucement

Activités orales

2 Mettez en scène la fin du *Petit Chaperon rouge* de Charles Perrault (de la page 21, ligne 43, à la page 23, ligne 75).

- Formez des groupes de trois élèves et répartissez-vous les rôles du narrateur, du loup et de la petite fille.
- Répétez la scène en lisant chacun vos répliques et en veillant à respecter les indications de ton et de gestuelle des personnages.
- Créez un costume pour le loup et le Petit Chaperon rouge.
- Jouez la scène devant la classe.

Mots du Time's up

3 *Time's up* du loup !

- Formez des groupes de six élèves et constituez deux équipes.
- Distribuez à chaque joueur le même nombre de petits papiers (voir QR code).
- Mettez le chronomètre en route : vous avez 1 minute pour faire deviner à votre équipe le maximum de mots sans les employer. C'est ensuite au tour de l'autre équipe. Celle qui a fait deviner à ses partenaires tous ses mots en premier a gagné.
- Pour jouer une deuxième manche, faites deviner les mêmes mots mais à l'aide d'un seul mot.
- Pour jouer une troisième manche, faites deviner les mêmes mots mais en les mimant.

Activité écrite

4 « Avant que la potion Tue-loup ait été découverte, je devenais un véritable monstre une fois par mois. » (p. 59, l. 9-11)
Racontez la métamorphose du professeur Lupin en loup-garou.

- Mettez en place le contexte et l'atmosphère de la métamorphose.
- Décrivez précisément les changements d'apparence de Remus Lupin en employant le vocabulaire de la morphologie du loup.
- « C'est très douloureux de se métamorphoser en loup-garou. » Détaillez les sensations physiques et les sentiments ressentis par le professeur.
- Mettez en valeur l'aspect monstrueux et effrayant de cette transformation.

Lecture d'images

Entre le loup et l'homme

Observez attentivement les images des pages 17, 54, 83 et 117 et répondez aux questions suivantes.

Des loups et des hommes

1. Décrivez précisément les loups de ces quatre images (vêtements, expressions…). Quels éléments les rapprochent de l'homme ?
2. Lequel de ces loups vous paraît le plus moderne ? Selon vous, quel est l'effet recherché ?
3. Observez attentivement l'image page 54. Selon vous, les personnages représentés sont-ils des humains ou des loups ? Justifiez votre réponse.

À vous de jouer !

Réalisez une bande dessinée numérique

Avec les élèves de votre groupe, vous allez adapter en bande dessinée l'extrait du *Livre de la Jungle* (p. 36-41).

Étape 1 Relisez ensemble l'extrait pour le découper en planches et répartissez-vous la création des planches en binômes.

Étape 2 En salle informatique, ouvrez avec votre binôme l'application BDnF : https://bdnf.bnf.fr. Créez votre profil. Démarrez un nouveau projet et nommez-le.

Étape 3 Choisissez le format de votre planche puis le nombre et la taille des cases. Importez des images (depuis Internet ou la galerie Gallica), dessinez vos personnages, créez des bulles de texte, ajoutez des effets graphiques.

Étape 4 Enregistrez votre travail tout au long de la mise en page puis exportez votre planche. Imprimez toutes les planches de votre groupe et présentez votre bande dessinée à vos camarades.

Atelier cinéma

Loup de Nicolas Vanier

Année de sortie : 2009
Images : couleur
Genre : aventure
Interprétation : Nicolas Brioudes (Sergueï), Pom Klementieff (Nastazia)

Le réalisateur

Né en 1962, **Nicolas Vanier** est un aventurier, réalisateur et écrivain français. Passionné du Grand Nord, ses films interrogent les rapports entre l'homme et la vie sauvage.

Visionnez la bande-annonce

Une rencontre avec les loups

Sergueï est un jeune évène, dernier peuple nomade éleveur de rennes vivant en Sibérie orientale. À 16 ans, il est nommé gardien du troupeau qu'il doit protéger des loups qui rôdent. **La bande-annonce** met en scène une **rencontre** qui va l'amener à **transgresser les lois millénaires de son peuple**.

1. Quel choix doit faire Sergueï lorsqu'il rencontre les loups dans la montagne ?
2. Dans quel univers se déroule le film ? En quoi ce décor indique-t-il qu'hommes et bêtes luttent pour leur survie ?
3. Quel conflit interne semble habiter Sergueï ? Quelles valeurs le jeune homme défend-il ?
4. L'amitié entre Sergueï et les loups vous paraît-elle possible ?

Une inquiétante métamorphose

Le *Satiricon* est un des tout premiers romans connus. Attribué à Pétrone (mort en 65 ap. J.-C.), il dépeint la vie quotidienne à Rome sous le règne de l'empereur Néron, au Ier siècle.

Alors qu'il est invité à un festin, Nicéros raconte comment il a été témoin de l'étrange transformation de son camarade.

Nous nous taillons[1] à peu près vers le chant du coq; la lune brillait, on y voyait comme en plein jour. Nous arrivons au milieu des tombeaux; voilà mon homme qui se met à se diriger vers les stèles[2]; moi, je m'assieds tout en chantonnant, et je compte les monuments. Ensuite, lorsque je me retournai vers mon compagnon, je vis qu'il se déshabillait et posait tous ses vêtements le long de la route. J'avais un goût de mort dans la bouche; j'étais là, immobile, comme un cadavre. Lui, il pissa tout autour de ses vêtements et, soudain, se transforma en loup. Ne croyez pas que je plaisante; personne ne pourrait me payer assez cher pour que je mente. Mais, comme j'avais commencé à vous le dire, dès qu'il fut transformé en loup, il se met à hurler et s'enfuit vers les bois. [...]

Ma chère Melissa de s'étonner de ce que je sois si tard par les routes. « Si tu étais venu plus tôt, au moins tu nous aurais aidés: un loup est entré dans la ferme et il a saigné tous nos moutons comme un boucher. Mais il n'en a pas eu le dessus, bien qu'il se soit enfui; l'un de nos esclaves lui a traversé le cou avec une lance. » Quand j'eus entendu cela, il me fut impossible de fermer l'œil de la nuit, mais, dès le lever du jour, je m'enfuis bien vite chez notre maître Gaïus, comme un hôtelier détroussé[3], et, lorsque je repassai à l'endroit où les vêtements étaient devenus de pierre, je ne trouvai rien, que du sang. Mais, une fois revenu à la maison, je trouvai mon soldat au lit, malade comme un bœuf, et le médecin en train de soigner son cou. Je compris que c'était un loup-garou et, ensuite, je n'aurais jamais pu manger un morceau de pain en sa compagnie, non, même si l'on m'avait tué.

Pétrone, *Satiricon*, LXII, traduit du latin par P. Grimal, « Folio classique », Gallimard, 1969 © Éditions Gallimard.

1. **Nous nous taillons:** nous nous enfuyons. 2. **Stèles:** pierres tombales dans un cimetière. 3. **Détroussé:** dévalisé.

Extrait du texte d'origine (l. 8-12)

At ille circumminxit vestimenta sua et subito lupus factus est. Nolite me iocari putare ! Ut mentiar, nullius patrimonium tanti facio. Sed, quod coeperam dicere, postquam lupus factus est, ululare coepit et in silvas fugit.

1. **a.** Où se déroule la métamorphose ?
   b. À quel moment a-t-elle lieu ?

2. Quel détail permet à Nicéros d'identifier le loup-garou ?

3. Comment réagit-il à cette transformation ?

4. LANGUE

   a. Retrouvez dans le texte latin le mot qui veut dire « loup ».

   b. Le verbe latin *ululare* se traduit en français par « hurler ». À quel autre verbe français vous fait-il penser ?

L'espion troyen Dolon vêtu d'une peau de loup, vers 460 av. J.-C., lécythe à figure rouge, musée du Louvre, Paris.

Étymologie En latin, **« loup-garou »** se dit *versipellis*. Ce mot est composé du verbe *vertere* qui signifie « changer », « transformer » et du nom *pellis* qui veut dire « peau », « fourrure ». Le sens littéral de ce mot est donc « qui change de peau ».

Retenir l'essentiel

Des créatures fascinantes

LE LOUP

Le loup est traditionnellement représenté comme un prédateur **féroce et affamé.** Sa gueule grande ouverte, ses crocs affûtés et ses longues dents pointues **symbolisent le danger et la peur de l'homme de mourir dévoré.** Charles Perrault invite le lecteur à **se méfier du loup et, au-delà, de tous les inconnus.** Jean de La Fontaine **dénonce la loi du plus fort** que l'animal incarne face aux faibles. Le loup peut cependant être **tourné en ridicule pour sa bêtise** (*Roman de Renart*) ou même **vaincu** par le Petit Chaperon rouge (Roald Dahl). Depuis l'Antiquité, **sa liberté sauvage et sa force protectrice fascinent** (*Le Livre de la Jungle*, *Croc-Blanc*...). La rencontre avec cet animal, mâle ou femelle, sous son apparence la plus sauvage ou la plus humanisée, est pour tous les personnages de l'anthologie **l'occasion d'une expérience riche en émotions qui va les faire grandir.**

LE LOUP-GAROU

Selon les légendes, le loup-garou est **un humain qui se transforme en loup les soirs de pleine lune.** Cette **métamorphose** a souvent lieu à la suite de la **morsure par un autre loup-garou** et ne laisse généralement aucun souvenir. Dans *Harry Potter et le prisonnier d'Azkaban*, le professeur Lupin se transformait en véritable **monstre** jusqu'à ce que la potion magique Tue-Loup lui permette de se contrôler et de ne devenir qu'un loup inoffensif une fois par mois.

Des personnages types

DES VICTIMES JEUNES ET INNOCENTES

Les victimes du loup sont souvent des **créatures chétives et fragiles** (une petite fille ou une grand-mère âgée dans *Le Petit Chaperon rouge*, un agneau dans la fable de La Fontaine). **Généralement naïves et crédules, elles ne se méfient pas du loup et lui font confiance** (dès le début pour Marinette, après force persuasions pour Delphine).

DES ENNEMIS TRADITIONNELS

Bien qu'il soit considéré comme fort, **le loup a des ennemis. L'homme le chasse pour le tuer ou le prive de liberté** en l'enfermant dans un zoo (*L'Œil du loup*). Comme la louve qui découvre Romulus et Rémus, cet animal éprouve une grande méfiance envers l'homme qui a le « pouvoir de tuer de loin, sans se battre » (p. 49, l 28-29). **Dans le monde animal, c'est le rusé renard qui cherche à se venger du loup** (*Roman de Renart*).

DES AMIS FIDÈLES

Certains humains découvrent que le loup n'est pas forcément leur ennemi et se lient d'amitié avec lui. Delphine et Marinette **apprivoisent** le loup en jouant et riant avec lui. Scott est très attaché à Croc-Blanc, son « vieux compagnon » (p. 44, l. 39). Dans *L'Œil du loup*, l'enfant réussit à établir un lien avec Loup Bleu dans un zoo. Le professeur Lupin supporte ses métamorphoses en loup-garou grâce à Dumbledore et ses amis. **Ces rencontres sont rendues possibles grâce à l'amitié qui dépasse les peurs et les préjugés.**

Des lieux réels et symboliques

LA FORÊT

La forêt est **l'habitat naturel du loup.** Dans les bois d'Europe ou du Grand Nord américain (*Croc-Blanc*) comme dans la jungle (*Le Livre de la Jungle*), **il y cohabite avec d'autres animaux sauvages** : le renard (*Roman de Renart*, *Les Contes du chat perché*) ou le tigre Shere Khan. **C'est là qu'il se réfugie loin des hommes mais aussi qu'il croise le chemin de ses proies** (*Le Petit Chaperon rouge*). Dans l'univers merveilleux du conte, la forêt est le **lieu symbolique de tous les dangers** pour les jeunes héros innocents.

LES GRANDS ESPACES SAUVAGES

Les loups vivent également dans de grands espaces sauvages. Dans ces lieux rudes au climat polaire, ils parcourent en toute liberté de vastes territoires loin des hommes. Quand ils en croisent, **des relations plus pacifiques peuvent se nouer entre eux.** Croc-Blanc a prouvé sa fidélité à l'Indien Castor-Gris en traînant son traîneau à travers ces étendues hostiles.

LA MAISON

La maison est un **espace privé dans lequel les hommes se mettent à l'abri des prédateurs et des menaces extérieures.** Comme les parents de Delphine et Marinette le leur rappellent, il ne faut pas ouvrir à un inconnu, encore moins à un loup, pour ne pas laisser entrer le danger. Dans *Les Contes du chat perché* ou *Le Petit Chaperon rouge*, **le loup doit user de ruse et de persuasion pour pénétrer dans la maison de ceux qu'il souhaite dévorer. Seul Croc-Blanc, en récompense de sa loyauté envers son maître, obtient une place dans la maison**, au même titre qu'un chien.

LA TANIÈRE

Creux naturel dans la roche, **la tanière permet aux loups de se réfugier loin des prédateurs.** La louve romaine et Mère Louve dans *Le Livre de la Jungle* **y cachent leurs louveteaux comme les petits d'hommes qu'elles recueillent afin de les protéger** du « premier prédateur venu » (p. 50, l. 48) et du redoutable Shere Khan.

La rencontre de deux mondes

INSTINCT ET VIE SAUVAGE

Comme Père Loup le rappelle à Shere Khan, **« les loups sont un peuple libre »** (p. 39, l. 50). Contrairement à son cousin le chien, le loup n'a pas été domestiqué par l'homme et n'est pas fait pour vivre en captivité. **Guidé par son instinct d'animal sauvage, il dévore les plus faibles que lui, exerçant la « loi du plus fort »** de la nature (« Le Loup et l'Agneau », p. 32). **Même s'il tente de devenir bon et de se contrôler, c'est-à-dire de se civiliser, il lui est impossible d'échapper à ses besoins de carnivore.** C'est ainsi que le loup de Marcel Aymé ne peut s'empêcher de dévorer ses deux amies (p. 63).

LA PEUR

Quand le loup toque à la fenêtre, Marinette dit à sa sœur « Alors on a peur ? » car **les contes et légendes du temps passé nous apprennent à nous méfier de lui.** Même si ce prédateur ne se nourrit pas de chair humaine, les différentes versions du *Petit Chaperon rouge* racontent qu'il s'attaque à l'homme, et la fable de Jean de La Fontaine le représente comme une « bête cruelle » (p. 33, l. 21) et un « animal plein de rage » (p. 32, l. 8), entretenant notre **peur ancestrale d'être dévoré tout cru. Cette terreur est entretenue par la figure effrayante du loup-garou.**

RUSE ET DÉGUISEMENT

Différents récits de l'anthologie mettent en scène **les stratégies** du loup pour manger ses proies. **Afin d'approcher sa victime qui se méfie de lui, il a recours au déguisement et essaie de cacher sa bestialité en prenant une apparence humaine.** Pour tromper le Petit Chaperon rouge (p. 16), il s'habille avec les vêtements de la mère-grand et adoucit sa grosse voix pour imiter celle-ci. À chaque remarque de l'enfant qui s'étonne de son apparence, il **se montre rusé** pour trouver une explication convaincante. Face à Delphine et Marinette (p. 63), il comprend qu'il parviendra mieux à ses fins en faisant preuve de douceur afin d'inspirer la pitié. Cependant, **la ruse des autres peut se retourner contre lui** (*Le Roman de Renart*, p. 26).

UNE COHABITATION DIFFICILE

Le loup et l'homme, qui partagent un même espace, sont amenés à **cohabiter**. Mais cette cohabitation n'est pas sans conflit. Le loup de Jean de La Fontaine (p. 32) cherche à **se venger** des bergers et des chiens, le loup de Charles Perrault (p. 16) **se cache** des chasseurs, et la louve romaine (p. 48) éprouve une **grande méfiance** vis-à-vis de tout ce qui provient des humains. **Cette méfiance est réciproque** : les parents de Delphine et Marinette comme le Juge Scott avancent que l'**on ne peut pas se fier au loup** (p. 56 et 63). **Les liens de protection et d'amitié entre les deux espèces restent exceptionnels** (*Le Livre de la Jungle*, p. 36, *Croc-Blanc*, p. 42, *L'Œil du loup*, p. 56).

Le loup ou le dépassement

1 Un personnage intemporel

a. Une tradition littéraire ancienne

Le loup est une figure littéraire très ancienne. Dès l'Antiquité, il joue un **rôle civilisateur important dans les mythologies** grecque, latine, nordique…

b. Le loup et la morale

Les contes de Charles Perrault comme les fables de Jean de La Fontaine se servent du loup pour **délivrer une morale et prévenir le lecteur contre certains dangers.**

c. Un personnage de la littérature contemporaine

Aimé ou détesté, on trouve le loup dans de nombreux récits de la littérature de jeunesse contemporaine.

d. Réécritures et détournements

Les textes contemporains offrent de **nouvelles interprétations du loup.**

→ Activité 1, p. 114

2 Les différents visages du loup

a. Le grand méchant loup

Cette figure traditionnelle du loup, affamé et cruel, a créé dans notre imaginaire le **stéréotype du prédateur qui trompe sa proie pour mieux la dévorer.**

b. La louve, mère adoptive

La louve est une **figure maternelle et nourricière.** Elle sauve des nouveau-nés humains qu'elle **élève comme ses propres louveteaux.**

c. Le loup-garou

Créature terrifiante, cet humain qui se transforme en loup les soirs de pleine lune est **associé à l'instinct sauvage qui sommeille en l'homme.**

d. L'animal sauvage

La liberté sauvage du loup qui vit en harmonie avec la nature, **fascine et pose la question d'une possible amitié avec l'homme.**

→ Activité 2, p. 114

de la peur dans la littérature

3 La peur de l'autre

a. La peur du prédateur
Le loup, parce qu'il est celui qui dévore sans pitié, **symbolise notre peur de la mort.** Cette **terreur ancestrale** est profondément inscrite dans notre imaginaire.

b. Des héros courageux
Certains héros réussissent à **dépasser leur peur pour vaincre le loup.** D'autres, curieux de l'inconnu, **se lient avec cet animal fascinant.**

c. Le rire pour vaincre la peur
Pour se délivrer symboliquement de la peur du loup, certains récits **le tournent en ridicule** et en font **un personnage comique et inoffensif dont on peut rire.**

d. Jouer à se faire peur
Pour **apprivoiser leur peur,** Delphine et Marinette jouent au jeu du loup. À la fin, le rire l'emporte sur la frayeur.

→ Activité 3, p. 115

4 Le loup, un monstre ?

a. La cruauté
Les animaux carnivores, poussés par leur **instinct de survie,** n'ont aucune pitié envers leurs proies : c'est **la loi du plus fort.** L'homme, lui, agit parfois avec cruauté.

b. La ruse
Le loup est représenté comme **rusé et fourbe lorsqu'il se déguise en humain** pour mieux attraper sa proie, Mais l'homme peut aussi le piéger.

c. Le loup peut-il être bon ?
Dans la nature, **le loup suit son instinct.** Il peut suivre son instinct de survie, fuir la compagnie des hommes ou ressentir de l'**affection** pour un humain et lui être **fidèle.**

d. Des amitiés extraordinaires
Quand ils n'ont pas de préjugés envers l'animal, certains humains nouent avec des loups des **amitiés extraordinaires.** Et certains loups sont de **puissants protecteurs.**

→ Activité 4, p. 115

Bilan

À vous de jouer !

Activité 1 **Chaque nombre correspond à une voyelle. Trouvez-les pour recomposer cette célèbre moralité de Charles Perrault.**

1	2	3	4	5

2N V21T 1C1 Q43 D3 J34N3S 3NF5NTS,
S4RT24T D3 J34N3S F1LL3S
B3LL3S, B13N F51T3S, 3T G3NT1LL3S,
F2NT TR3S M5L D'3C24T3R T24T3 S2RT3 D3 G3NS,
3T Q43 C3 N'3ST P5S CH2S3 3TR5NG3,
S'1L 3N 3ST T5NT Q43 L3 L24P M5NG3.

Activité 2 **Complétez le tableau ci-dessous en cochant, pour chaque texte, si le loup apparaît comme un animal dangereux ou protecteur.**

	Loup dangereux	Loup protecteur
Le Petit Chaperon rouge (C. Perrault et R. Dahl)	☐	☐
« Le Loup et l'Agneau »	☐	☐
Le Livre de la Jungle	☐	☐
Croc-Blanc	☐	☐
« Le Loup »	☐	☐

Réponses : 1. 1-I, 2-O, 3-E, 4-U, 5-A.
2. Loup dangereux : *Le Petit Chaperon rouge*, « Le Loup et l'Agneau », « Le loup ».
Loup protecteur : *Le Livre de la Jungle*, *Croc-Blanc*.

À vous de jouer !

Activité 3 **Replacez dans l'ordre chronologique les aventures de Delphine et Marinette (p. 63 à 87) sur l'axe ci-dessous.**

a. Le loup et les fillettes deviennent amis et jouent ensemble.
b. Le loup attend le départ des parents pour s'approcher de la maison.
c. Les parents reviennent et délivrent les fillettes.
d. Les fillettes refusent d'ouvrir la porte au loup.
e. Le loup dévore les deux sœurs.

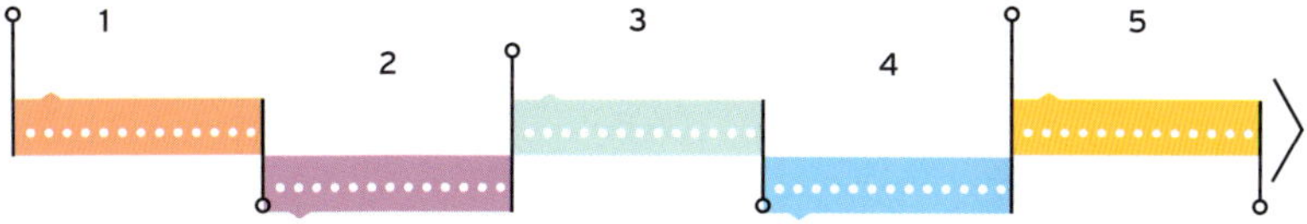

Activité 4 **Quels sont les endroits fréquentés par le loup dans les textes du recueil ?**

Abbaye | Bois | Château | Jungle | Magasin

Maison | Ville | Zoo

Réponses : 3. 1-b, 2-d, 3-a, 4-e, 5-c. **4.** Bois, maison, abbaye, zoo, jungle

Évaluez-vous !

Comptez 1 point par bonne réponse et gravissez les marches du podium. Jusqu'où irez-vous ?

Le Petit Chaperon Uf, pièce de Jean-Claude Grumberg, mise en scène de Joëlle Bobbio et Luis Hormazabal, compagnie Al Dente, 2016.

Prolonger la lecture

Le loup : du conte à la scène

Visionnez un extrait de la pièce

Le loup pour parler de l'Histoire

Jean-Claude Grumberg, *Le Petit Chaperon Uf*

Jean-Claude Grumberg (né en 1939), réécrit le conte traditionnel du Petit Chaperon rouge *en l'adaptant au contexte historique de la Seconde Guerre mondiale. Dans cette variante moderne, le loup (le caporal Wolf*[1]*), avec son langage saccadé et son fort accent allemand, incarne l'autorité militaire nazie, tandis que les Ufs représentent les juifs persécutés par les nazis et, plus largement, les victimes de l'intolérance.*

La voix de mère-grand. – Bon ça va comme ça, je sais ce que vous voulez salopard, foutez le camp ou j'appelle la police !

Wolf. – *(soudain hors de lui)* – Mère-grand Uf si toi pas ouvrir porte caporal-chef Wolf casser porte et cabane ! Compris ?

(Silence.
Peut-être entendrons-nous mère-grand chantonner
J'ai du bon tabac[2] *?)*
Moi casser tout !
(Il prend son élan et se jette sur la porte la tête la première, la porte résiste, il se fait mal et tombe en arrière.)
Ouah ouah ouah ouah ouah !
Aïe aïe aïe aïe aïe aïe aïe aïe aïe !

La voix de mère-grand. – Le tabatier[3] a tout blindé[4], tu vas te casser la bobinette.

1. *Wolf* signifie « loup » en allemand.
2. « J'ai du bon tabac » est une comptine traditionnelle française.
3. **Tabatier :** ouvrier fabriquant du tabac.
4. **Blindé :** renforcé.

Wolf de rage frappe le bas de la porte de ses pattes du bas puis le haut avec ses pattes du haut, il se fait encore très mal.

WOLF. – Aïe aïe aïe aïe aïe aïe aïe !
Surgit le tabatier.

LE TABATIER. – Eh eh ! Ça va pas ! Qu'est-ce qui se passe ici, vous voulez casser ma porte ou quoi ?

WOLF. – Caporal-chef Wolf.

LE TABATIER. – Marchand de tabac Laurent.

WOLF. – Document !

LE TABATIER. – Pardon, connais pas.

WOLF. – Document papir[1] ausweis[2] carte !

Le tabatier comprend et sort précipitamment sa carte.

LE TABATIER. – Voilà voilà, qu'est-ce qui se passe encore ?

WOLF *(après un rapide coup d'œil)*. – Toi pas U dessus.

LE TABATIER. – Moi pas quoi ?

WOLF. – Toi pas Uf ni Ouf.

LE TABATIER. – Moi Laurent Paul, tabatier, caporal.

WOLF. – Toi caporal ?

LE TABATIER. – Non, toi.

WOLF. – Silence fixe repos !
Toi abriter mère-grand dans remise tabac ?

LE TABATIER. – J'ai loué à une vieille dame, oui, mais j'ai enlevé le tabac.

WOLF. – Vieille dame Uf ?

---

1. **Papir :** transcription française de *papiere*, mot allemand signifiant « papiers ».
2. **Ausweis :** carte d'identité en allemand.

Le tabatier. – C'est très propre hein vous savez, j'ai tout nettoyé.

Wolf. – Interdit non-Ufs louer ou cacher Ufs[1].

Le tabatier. – Pardon ? Quelle langue vous me causez au juste ?

Wolf. – Téléphone ?

Le tabatier. – Téléphone ? Oui au tabac téléphone cabine, mais si vous voulez entrer là c'est facile…

Wolf. – Wolf sait juste taper *J'ai du bon tabac* mais Wolf pas bon rythme pas musicien. Ufs musiciens.

Le tabatier. – Non non, il faut juste tirer la chevillette et la bobinette choit[2].

Wolf. – Toi foutre ma bobinette à moi[3], moi foutre toi au trou[4]. Moi mettre U sur document toi !

Le tabatier. – Mettre U ?

Wolf. – Ferme toi gueule !

Jean-Claude Grumberg, *Le Petit Chaperon Uf*,

1. Pendant la Seconde Guerre mondiale, des personnes ont essayé de cacher les Juifs pour les sauver de la déportation en camps de concentration et d'extermination.
2. **Choit :** tombe.
3. **Toi foutre ma bobinette à moi :** tu te moques de moi (jeu de mots avec « bobine » qui signifie « tête » en langage familier).
4. **Trou :** prison.

Le loup raconté aujourd'hui

Visionnez un extrait de la pièce

Joël Pommerat,
Le Petit Chaperon rouge

Auteur-metteur en scène, Joël Pommerat (né en 1963) a adapté plusieurs contes populaires comme* Cendrillon *ou* Pinocchio. *Il revisite avec humour* Le Petit Chaperon rouge. *L'arrivée chez la grand-mère de l'animal, trop maigre pour ouvrir la lourde porte de la maison, est l'occasion d'un jeu savoureux avec le texte de Charles Perrault.

Noir.
À l'intérieur de la maison de la grand-mère.
La grand-mère est couchée.
On entend une petite clochette.

LA GRAND-MÈRE. – Est-ce que j'ai entendu quelqu'un devant la porte qui a sonné la clochette ?

LA VOIX DU LOUP. – Oui... mémé.

LA GRAND-MÈRE. – Est-ce que c'est toi ma petite-fille qui est là et qui a sonné la clochette ?

LA VOIX DU LOUP. – Oui... c'est moi... mémé.

LA GRAND-MÈRE. – C'est toi ma petite fille ?

LA VOIX DU LOUP. – Oui... mémé.

LA GRAND-MÈRE. – C'est toi qui as une si grosse voix aujourd'hui ?

LA VOIX DU LOUP. – Oui mémé car je suis enrhumée aujourd'hui, j'ai mal à ma gorge et ma voix est devenue grosse.

LA GRAND-MÈRE. – Ah bon.

LA VOIX DU LOUP. – J'ai même fait peur à maman en me levant ce matin.

Un temps.

LA GRAND-MÈRE. – Eh bien entre, qu'est-ce que tu attends encore ?

La voix du loup. – Je ne peux pas ouvrir la porte toute seule aujourd'hui… mémé.

On entend la petite clochette.

La grand-mère. – Arrête un peu de sonner la clochette et tire un peu plutôt sur la ficelle qui pend comme d'habitude.

La voix du loup. – Je ne peux pas aujourd'hui mémé.

La grand-mère. – Si tu tires sur la petite ficelle tu pourras entrer car le verrou n'est pas mis et la porte va s'ouvrir sans que tu aies besoin de la pousser trop fort.

La voix du loup. – Je suis trop petite aujourd'hui pour atteindre la ficelle.

La grand-mère. – Mais tu n'es pas si petite d'habitude.

La voix du loup. – Oui mais aujourd'hui je ne sais pas pourquoi je suis plus petite que d'habitude.

La grand-mère. C'est quand même curieux[1] ça. Je me suis couchée car je suis fatiguée et j'aurais bien aimé de pas avoir à me lever pour aller t'ouvrir.

La voix du loup. – Est-ce que tu peux venir m'ouvrir mémé s'il te plaît ?

La grand-mère. – Bon, alors oui d'accord. Mais une minute si tu veux bien.

La voix du loup. – Oui mémé.

La grand-mère se lève péniblement et se dirige vers la porte.
Noir.
On entend la porte grincer. Quelques instants plus tard,
la porte est ouverte, le loup est assis devant la maison.

Joël Pommerat, *Le Petit Chaperon rouge*,

1. **Curieux :** étrange.

Visionnez un extrait de la pièce

Le loup sur le banc des accusés

Žarko Petan, *Le Procès du Loup*

Metteur en scène slovène, Žarko Petan (1929-2014) imagine que le loup est traîné en justice pour ses nombreux crimes et en particulier pour l'agression du Petit Chaperon rouge et de sa grand-mère. Dans ce facétieux mélange entre réel et imaginaire, les victimes du grand méchant loup tentent de prendre enfin leur revanche…

La scène représente une salle de justice, un tribunal classique.
Entrent sur scène le Juge, les deux Avocats ; l'Avocat de la défense[1], *l'avocat de la partie civile*[2].
Puis entrent les différents témoins[3], *ceux de la défense entrent côté cour, ceux de l'accusation côté jardin*[4].
Pour les premiers, il s'agit du Lièvre, de l'Ours, de Madame Renard.
Pour les seconds, du Chaperon Rouge, de la Grand-Mère, du Chasseur, de Monsieur Grimm[5].
Il est possible d'utiliser des masques pour représenter les animaux.

LE JUGE. – Silence ! *(Il frappe de son maillet*[6] *sur la table.)* Silence ! Je demande du silence parmi les assistants et les spectateurs. J'ouvre le procès contre le Loup qui s'est rendu coupable d'un meurtre. Meurtre avec préméditation[7].

---

1. L'Avocat de la défense défend le loup.
2. **Partie civile :** ensemble des personnes accusant la personne jugée.
3. **Témoins :** dans un procès, personnes appelées par les juges pour dire ce qu'ils ont vu de l'affaire en cours d'instruction.
4. Au théâtre, côté cour désigne le côté droit de la scène, et côté jardin le côté gauche (du point de vue du spectateur).
5. Jacob Grimm (1785-1863) et Wilhelm Carl Grimm (1786-1859) ont écrit une version du *Petit Chaperon rouge* différente de celle de Charles Perrault.
6. **Maillet :** petit marteau.
7. **Préméditation :** fait de prévoir une action ou un crime avant de les commettre.

Le défenseur. – Monsieur le Juge, je fais opposition. Je ne peux accepter que vous employiez de tels termes. Vous manquez d'impartialité[1].

Le Juge. – Maître, vous aurez la parole plus tard. Pour l'instant, vous ne connaissez rien de votre client et vous n'avez pas la parole. La parole est à l'Avocat de la partie civile. Maître, je vous en prie.

L'avocat de la partie civile. – Monsieur le Juge, Messieurs, mon devoir est cette fois extrêmement simple. Nous avons affaire à un criminel invétéré[2] qui a plusieurs fois échappé au bras[3] de la justice. Je ne vous ennuierai pas en vous faisant le récit de toutes les mauvaises actions, de tous les crimes que l'accusé a commis. Je mentionnerai uniquement son dernier crime, le plus horrible, le plus épouvantable, l'agression invraisemblable qu'il a perpétrée[4] sur la personne du Petit Chaperon Rouge et de sa grand-mère. Heureusement cette agression a échoué, grâce au hasard[5]. De toute façon, il a été établi que l'accusé Loup a pénétré dans la chaumière de la Grand-Mère et l'a avalée.

Le défenseur. – Le Loup a avalé qui ? La chaumière ou la Grand-Mère ?

Le Juge. – Je vous en prie, Maître, votre question est une plaisanterie digne d'un écolier et non d'une chambre de justice. Je vous en prie, Maître, continuez.

L'avocat de la partie civile. – Merci, Monsieur le Juge. Comme je le disais, le Loup a dévoré la Grand-Mère. Il a alors enfilé la chemise de nuit de celle-ci, puis, il a posé sur son nez les lunettes de la Grand-Mère et, déguisé de la sorte, il a attendu le Petit Chaperon Rouge qui ne se doutait de rien.

Žarko Petan, *Le Procès du Loup* [1976], trad. du slovénien par P. Roudy et M.-H. Poitout, © Magnard, « Classiques et contemporains », 2006.

1. **Impartialité :** neutralité, fait de ne prendre parti ni pour la victime ni pour l'accusé.
2. **Invétéré :** endurci et coupable de plusieurs crimes.
3. Métaphore désignant les juges.
4. **Perpétrée :** commise.
5. Dans la version des frères Grimm, un chasseur trouve par hasard le loup endormi et libère le Petit Chaperon rouge et sa grand-mère.

Livres

Sébastien Léger, *L'Histoire du loup et du Petit Chaperon rouge aussi !*,
Alice jeunesse, 2018.

Une version revisitée et comique du célèbre conte, dans laquelle le loup doit choisir entre manger ou perdre sa seule amie.

Michel Ocelot, « Le Loup-Garou », *Les Contes de la nuit*,
Nathan, 2011.

Deux princesses tombent amoureuses du même chevalier, le beau Yann, mais ce dernier possède un terrible secret…

Myriam Dahman, Nicolas Digard, *Le Talisman du loup*,
Gallimard Jeunesse, 2020.

Dans une forêt lointaine du nord vit un loup noir aux yeux dorés que tous craignent. Ensorcelé par la voix d'une jeune femme, l'animal entreprend une longue quête qui le mènera jusqu'à un talisman.

Jean Craighead-George, *Julie des loups*,
Le Livre de poche, 2003.

À treize ans, Julie fuit à travers la toundra un mariage imposé. Perdue, elle trouve refuge auprès des loups. Deviendra-t-elle l'une des leurs ?

Jennifer Mac Hart, *Les loups : c'est facile à comprendre*,
La Plume de l'Argilète, 2016.

Ce livre, réalisé comme un carnet naturaliste, permet d'apprendre beaucoup de choses sur les loups. Il est adapté aux lecteurs dyslexiques.

BD/ Mangas

Yu Hosoda, *Les Enfants loups*, Kazé Manga, 2013

Yuki et Ame sont deux enfants mi-humains, mi-louveteaux. Confrontés au regard des autres, ils doivent cacher leur différence.

Films

Randal Kleiser, *Croc-Blanc*, 1991.

Une adaptation fidèle du célèbre roman de Jack London.

Hayao Miyazaki,
***Princesse Mononoké*, 1997.**

Frappé par une terrible malédiction, Ashitaka part découvrir les raisons de la colère de la nature. Il rencontre alors Sam, la jeune princesse Mononoké élevée par une louve, qui combat les hommes et leur industrie pour défendre la forêt.

Denis Imbert,
***Mystère*, 2021.**

Victoria, huit ans, adopte un petit chiot, Mystère, et retrouve, grâce à lui, la parole qu'elle avait perdue depuis la disparition de sa mère. Mais Mystère s'avère être un loup…

Tomm Moore, Ross Stewart,
***Le Peuple loup*, 2021.**

En Irlande, Robyn chasse la dernière meute de loups. Mais sa rencontre avec Mebh, petite fille le jour et louve la nuit, lui ouvre les yeux.

Site Internet

www.loupfrance.fr/le-loup/

Rendez-vous à la rubrique consacrée au loup par l'Office français de la biodiversité pour découvrir toutes les caractéristiques et le mode de vie de cet animal.

Dans la même collection

3 nouvelles engagées (anthologie)
3 nouvelles de science-fiction (anthologie)
4 histoires de sorcières (anthologie)
4 nouvelles de fantômes (anthologie)
4 nouvelles de vampires (anthologie)
30 poèmes pour célébrer le monde (anthologie)
30 poèmes pour dire l'amour (anthologie)
30 poèmes engagés (anthologie)
Ali Baba
Créations du monde (anthologie)
Le Chevalier dans tous ses états (anthologie)
Les Chevaliers du Roi Arthur
Loup, qui es-tu ? (anthologie)
Merlin l'Enchanteur
Sindbâd le marin, Histoire du pêcheur
Hans Christian Andersen, *La Petite Sirène*
Alexandrine Civard-Racinais, *Les Robinsons de l'île Tromelin*
Pierre Corneille, *Le Cid*
Marceline Desbordes-Valmore, *30 poèmes* (anthologie)
Jean-Claude Grumberg, *La plus précieuse des marchandises*
Homère, *L'Odyssée*
Sid Jacobson et Ernie Colón, *La Vie d'Anne Frank en bande dessinée*
Maurice Leblanc, *Le Collier de la reine*
Maurice Leblanc, *L'Évasion d'Arsène Lupin*
Mme Leprince de Beaumont, *La Belle et la Bête*
Jack London, *L'Appel de la forêt*
Marivaux, *L'Île des esclaves*
Guy de Maupassant, *La Parure et autres nouvelles sur les apparences*
Molière, *Le Bourgeois gentilhomme*
Molière, *Le Médecin malgré lui*
Molière, *Les Fourberies de Scapin*
George Orwell, *La Ferme des animaux en bande dessinée*
(Maxe L'Hermenier, Diego L. Parada et Thomas Labourot)
Mark Twain, *Les Aventures de Tom Sawyer*
Jules Verne, *Vingt Mille Lieues sous les mers*

Crédits iconographiques
couverture : Istock/Aleksandra Sokolovskaja
4: Opale photo/ArtCompPress/Pascal Victor; **7:** Photo12/Alamy/Ivy Close Images; **8hg:** AKG-Images; **8hd:** Bridgeman Images/Scherl/SZ photo; **8bg:** Opale photo/Gallimard/Mantovani; **8bd:** Coll. E.Brisou-Pellen; **9hg:** AKG-Images/Fine Art Images/Heritage Art; **9hd:** AKG-Images/Fine Art Images/Heritage Art; **9mg:** Aurimages/Everett Collection; **9md:** AKG-Images/Pictures From History; **9b:** Shutterstock/Jeremy Sutton Hibbert; **10 hg :** © Daniel Maghen éditions; **10 bg :** Aurimages/Everett Collection/Dentsu/Ntv/Studio Ghibli; **10hd, 105:** Prod DB © MGM/DR; **10bd:** Photo12/Alamy/UtCon Collection; **13, 73:** © Photothèque R. Magritte/Adagp Images, Paris 2022; **14, 89:** Arcangel Images/Roberta Murray; **17:** La Collection/Photo Josse/© Adagp, Paris 2022; **20:** Kharbine-Tapabor/Collection NBL; **26, 27, 28, 29, 30, 31, 93:** © Éditions Delcourt, 2008; **34:** Aurimages/Heritage Images; **38:** Aurimages/Everett Collection/© Walt Disney Pictures; **46:** Istock/KeithSzafranski; **52:** AKG-Images/De Agostini Picture Library/G. Nimatallah; **54:** Aurimages/Everett/Studio Chitzu/Mad House/ Ctv/Dentsu/Fbs/Htv/Ntv/Toho; **57:** Aurimages/Zuma Press/MC4/Pathe/France3/Taiga; **60-61:** Aurimages/Everett Collection/© Warner Brothers; **67:** Photo12/Alamy/UtCon Collection; **83:** Aurimages/Heritage Images; **101:** Photo12/7e Art/MC4 Productions; **103:** Photo © RMN-Grand Palais (musée du Louvre)/Hervé Lewandowski; **117:** Cie Théâtre Al Dente, 10 grande rue Jean Dessein 60240 Lavilletertre; **125 :** © Kaze Manga; **126g:** Aurimages/BBQ_DFY/Radar Films; **126d:** Aurimages/BBQ_DFY/Melusine/Apple Original Films

Création couverture: SAJE.
Maquette intérieure et direction artistique: Studio graphique Humensis.
Mise en pages: Ariane Aubert.
Illustrations (p. 106-111): Emmanuelle Pioli.
Carte et frise: Corédoc.
Iconographie: Geoffroy Mauzé.
Responsable éditoriale: Audrey Gérard.
Suivi éditorial: Marie Mazas.
Chargée d'édition multimédia: France Courbier.
Prépresse: Arthur Caillard.
Fabrication: Zoé Farré Vilalta.

170 *bis*, boulevard du Montparnasse, 75680 Paris cedex 14

Imprimé en France par Estimprim
N° d'édition : 03582222-01 - Dépôt légal : mai 2022
ISBN 979-10-358-2222-4